講談社文庫

人間であることをやめるな

半藤一利

講談社

目次

ありし日の著者（2016年10月16日、講談社にて）

人間であることをやめるな

『墨子』巻之五　非攻上　第十七

殺一人謂之不義、必有一死罪矣。若以此説往、殺十人、十重不義、必有十死罪矣。殺百人、百重不義、必有百死罪矣。当此天下之君子、皆知而非之、謂之不義。今至大為不義攻国、則弗知非、従而誉之、謂之義。情不知其不義也。故書其言以遺後世。若知其不義也、夫奚説書其不義以遺後世哉。

一人を殺さば之《これ》を不義と謂ひ、必ず一死罪有り。若《も》し此の説を以て往かば、十人を殺さば不義を十重し、必ず十死罪有り。百人を殺さば不義を百重し、必ず百死罪有り。此の当き《ごと》は、天下の君子皆知りて之を非とし、之を不義と謂ふ。今大いに不義を為して国を攻むるに至りては、則ち非とするを知らず、従ひて之を誉め、之を義と謂ふ。情《まこと》に其の不義を知らざるなり。故に其《そ》の言を書して以て後世に遺《のこ》す。若し其の不義を知らば、夫れ奚《なん》の説ありて其の不義を書して以て後世に遺さん哉《や》。

墨子と龍馬と

*

司馬遼太郎《しばりようたろう》『竜馬がゆく』のいちばんおしまいのところ、龍馬最期《さいご》のシーンで、まことに興味深いことが描かれている。

天に意思がある。

としか、この若者の場合、おもえない。

天が、この国の歴史の混乱を収拾するためにこの若者を地上にくだし、その使命がおわったとき惜しげもなく天へ召しかえした。

あまりの名調子に、大ていの読者は心にひっかかるところもなく、さあーと読み終えて、ページを閉じると深い瞑想にひたることになる。ところが、わたくしは最初に読んだときから、ごくごく自然にニヤリとしてしまうのを常とした。「天に意思がある」「天が……若者を地上にくだし、……惜しげもなく召しかえした」――これは『墨子《ぼくし》』だよと思うからである。

もう二十数年も前からわたくしは古代中国の思想家の『墨子』を座右の書としている。儒学中心の日本では「諸子百家」などと脇に追いやっているが、そんな軽い思想じゃないよとひそかに抗議をつづけている。しかし、ここは一席弁ずる場ではないのでやめて、近ごろ発見した墨子と龍馬とに関連する面白い話について書く。

元治《げんじ》元年（一八六四）九月十一日、幕府の軍艦奉行勝安房守《かつあわのかみ》、つまり勝海舟《かいしゅう》と、薩摩藩の重鎮の西郷隆盛《さいごうたかもり》とが会って長々と話し合った。二人はこのときが初対面。勝のあけすけな幕府批判と日本の明日をつくる構想に、西郷は仰天するとともに大いに眼を開かされた。九月十六日付の大久保利通《おおくぼとしみち》への手紙で「実に驚き入り候《そうろう》人物にて」「どれ丈《だ》ヶか知略のあるやら知れぬ塩梅《あんばい》に見受け申し候」云々《うんぬん》と西郷は勝をほめちぎっている。

勝も「これは人物なり」と感じ入るところがあったのは確かで、神戸の海軍操練所に戻ると塾頭の坂本龍馬にその感想を語った。それなら私も是非会ってみたい、そりや会ったほうがいい、ということで勝は添書を書き、龍馬はそれをもって西郷に会いにいった。日付ははっきりしないが九月二十日前後。そして龍馬が帰ってきて西郷の印象を語ったくだりが、勝の『氷川清話《ひかわせいわ》』にある。

成程西郷という奴は、わからぬ奴だ。少しく叩けば少しく響き、大きく叩けば大きく響く。もし馬鹿なら大きな馬鹿であると言ったが、龍馬はなかなか人を見る目がある。しかし、西郷がなにより優れているのは、ものすごい肚の大きさと、心からの誠意をもって事にあたるという二つの点にあるのだ。

あまりにもよく知られた勝の言葉で、あらためて書くまでもないが、とにかく吊り鐘にたとえた龍馬の人物評価はいかにも天衣無縫《てんいむほう》の龍馬らしくていい、と長年思っていた。ところが、である。これが『墨子』にでてくるのである。くわしく述べるスペースがないが、「公孟篇《こうもうへん》」で墨子と儒家の公孟子との問答でさかんに「君子は鐘の如し」論がかわされている。そのごく一部を。

公孟子　万事ひかえめに、問われなければ沈黙を守り、問われたときにはじめて答える人物、これが君子（知識人）というものです。君子はいうなれば鐘のようなものです。叩けば鳴り、叩かなければ鳴らないものでありますな。

以下議論がつづくがちょっと略して、墨子が断乎としていう。

墨子　不義の戦争は、攻める国にも攻められる国にも、少しも利益をもたらさない。この場合は、君子は叩かれなくとも大きく鳴る必要があるのである。

どうであろうか。この「君子は鐘の如し」の『墨子』の命題を龍馬はじつにうまくいいかえて人物月旦《げったん》に使っているといえるのではあるまいか。といいたくなるが、そんなことは金輪際《こんりんざい》ない話である。なぜなら龍馬がおよそ本を読まない男であることは史実をさぐれば一目瞭然である。漢籍の素養はこれっぽっちもない。

とすると、この秀逸の譬《たと》え話は、定評のあるホラ吹き名人の海舟の創作ならんか。いや『墨子』に目を通していたためか。もっと大袈裟に推理をひろげれば、海舟がやってのけた大事業たる江戸無血開城も、『墨子』の非戦論の哲学をそのまま実行に移したものであった、といいたくなってくる。

それにしても、元治元年九月にのちに幕末を動かす三人が会ったことは、しかも海舟は一ヵ月余後に「逆賊養成」の名目で蟄居《ちっきょ》となり、江戸へ追いやられるからまさに間一髪のときに会えたことになるから、そこには偶然を越えたなにかがある。どうも歴史には「こういう大事な時にこの人とこの人とを会わせておきたい」といった「天の意思」が働くのではないか、と思いたくなってくる。

明治の将星のリアリズム——名言『坂の上の雲』

前口上

司馬遼太郎《しばりようたろう》さんの小説の魅力は、何といっても登場人物の造形の見事さにある。同時に、歴史的事実の面白さがつぎつぎに示され、しかもその解釈が独特であって、かつ断定的であるところにある。ほかの作家ならいくらか曖昧さを残して書くところを、司馬さんは自信たっぷりにスパッといいきる、明言する。わかりやすい。それは単に文章力のなせる業だけではないのである。

たとえば、『竜馬がゆく』の龍馬を評するこんないい方である。

天に意思がある。

としか、この若者の場合、おもえない。

この力強さ、断言には、龍馬が天の意思によって激動の歴史をきちんと筋道たてるために出現したのだとわれわれは理解せざるをえなくなる。

「男の一生というものは」

と、歳三はさらにいう。

「美しさを作るためのものだ、自分の。そう信じている」

傑作『燃えよ剣』の土方歳三《ひじかたとしぞう》の述懐である。さらに、越後長岡藩《えちごながおかはん》の家老河井継之助《かわいつぐのすけ》の果敢な生き方を描いた『峠』で、継之助はこういうのである。

「美ヲ済《ナ》ス」それが人間が神に迫り得る道である。

左様、自分の美学のために殉じてこそ男の生きる道がある。歳三も継之助もそうわれわれに諭して壮烈無比の死を死んでいくのである。

こうして作品に鏤《ちりば》められるこれらの名言は、あるときは人生の深淵を伝え、あるときは生き方の骨髄を示し、またあるときは鋭い文明批評となって迫ってくる。そしてそれを可能にするのは、司馬さんの言葉を借りれば、「歴史を俯瞰する」ことによって、なのである。すなわち、歴史を大づかみにして上から眺めながら、眼下にうごめく人間とその役割をつかみとる。そのいちばんの勘どころをピシャッと提起するのである。そこがじつにあざやかなのである。それで読者は、ごく自然に、疑問をいだくことなしに、司馬さんの歴史観・人間観というものに完全に圧倒されて、男というものはおのれの美学のもとに生き、そして死ななければならないんだ、と思わず膝を打って納得してしまうことになる。

司馬さんは自分で、エッセイ「私の小説作法」のなかで、俯瞰ということについて語っている。

ビルから、下をながめている。平素、住みなれた町でもまるでちがった地理風景にみえ、そのなかを小さな車が、小さな人が通ってゆく。

そんな視点の物理的高さを、私はこのんでいる。つまり、一人の人間をみるとき、私は階段をのぼって行って屋上へ出、その上からあらためてのぞきこんでその人を見る。おなじ水平面上でその人を見るより、別なおもしろさがある。

〔……〕

ある人間が死ぬ。時間がたつ。時間がたてばたつほど、高い視点からその人物と人生を鳥瞰することができる。いわゆる歴史小説を書くおもしろさはそこにある。

ここにいわれている鳥瞰するとは、過去の人物を包み込んでいる時代というものを大づかみするということ。一言でいえば、歴史風景といってもいいであろう。その歴史風景のなかに人物をおいてみる。するとそのひとりの人間の位置というものをまさしく歴史的にとらえることができる。これが歴史小説を書くおもしろさである、と司馬さんはいうのである。また、こうも書いている。

歴史が緊張して、緊張のあげくはじけそうになっている時期が、私の小説には必要なのである。

それゆえに、司馬さんの小説は、どれもこれも、時代の転換期あるいは新しい時代の胎動期における人間を書くものばかりなのである。つねに緊張感のある歴史風景のなかに主人公は置かれている。新旧ふたつの勢力の衝突から生まれる激動期こそが、司馬文学における基本的なテーマというわけである。しかも物凄い資料の読破、徹底的な現地取材の上に。

そうして出来上がった作品群ゆえに、一面的な理解でわかったつもりになっていると、とんだ赤恥をかくことになる。多くの論者がひとしくあげている一例ながら、ご紹介しておこう。『竜馬がゆく』の「船中八策」の章で、大政奉還に関して司馬さんはこんな風に書いている。

一案はある。

その案は、後藤が「頼む」といってきたとき、とっさにひらめいた案だが、はたして実現できるかどうか、という点で、竜馬はとつこうつと考えつづけてきている。

「大政奉還」

という手だった。

将軍に、政権を放してしまえ、と持ちかける手である。

驚天動地の奇手というべきであった。

歴史的事実からみれば、大政奉還の奇手妙手が龍馬の独創ではないことは歴然としている。いくら何でも司馬さん、龍馬に惚れ込みすぎだよ、と初に読んだとき、思わず口にでたほどである。そして酒場などで滔々とやっていたら、大笑いされた。それや、早とちりだぞ、眼をかっぴらいてよく読んでみろ、といわれて、こん畜生、と読み直してみたら、そのくだりの少し先に、司馬さんは明快に種明かしをしていた。海援隊の長岡謙吉《ながおかけんきち》に「この案は坂本さんの独創ですか」と聞かれた龍馬が「ちがうなあ」と答える。そして、

「どなたの創見です」

「かの字とおの字さ」

勝海舟と大久保一翁であった。どちらも幕臣であるという点がおもしろい。

勝、大久保という天才的な頭脳は、文久年間から、

（徳川幕府も長くはない）

と見とおしていた。〔……〕

このときほど、まったく天才的（いや、天災的？）作家だよ、司馬さんは、と思ったことは、ない。万事がこんな風であるから細心の注意を払って司馬作品を読まなければならないのである。

――以上は、すでに発表したことを一部引用しながら書いたが、『坂の上の雲』を題材にこれからお届けする読物の「序章」なんである。要するに、楽しく書こうと意図しているが、警戒を充分に、と自分にいいきかせての前口上なのである。以下、各項冒頭ほかに『坂の上の雲』からの引用を、書体を変えて掲げ、お話を進めていきたい。

軍備増強における奇跡

日清戦争は明治二十八年におわったが、その戦時下の年の総歳出は、九千百六十余万円であった。

翌二十九年は、平和のなかにある。当然民力をやすめねばならないのに、この二十九年度の総歳出は、二億円あまりである。倍以上であった。このうち軍事費が占めるわりあいは、戦時下の明治二十八年が三二パーセントであるに比し、翌年は四八パーセントへ飛躍した。

明治の悲惨さは、ここにある。

ついでながら、われわれが明治という世の中をふりかえるとき、宿命的な暗さがつきまとう。貧困、つまり国民所得のおどろくべき低さがそれに原因している。

これだけの重くるしい予算を、さして産業もない国家が組みあげる以上、国民生活はくるしくならざるをえない。

この戦争準備の大予算（日露戦争までつづくのだが）そのものが奇蹟であるが、それに耐えた国民のほうがむしろ奇蹟であった。

――「権兵衛のこと」より

明治二十七年にはじまった日清戦争にたいして反対する知識人は多かった。たとえば、勝海舟がいる。列強からの干渉がかならず入る、とハッキリと公言し、漢詩で政府や軍部に「大義名分のない無駄な戦争をするなかれ」と猛省を促している。読み下してみる。

「隣国兵を交えるの日、その軍《いくさ》さらに名なし。憐れむべし鶏林の肉、割きてもって魯英に与う。……」

ここにいう鶏林が戦場となった朝鮮半島のことであり、魯が帝政ロシア、英がイギリスであることは書くまでもなかろうか。「その軍さらに名なし」とは大義名分がないということである。

事実は勝っつあんの言うとおりとなる。戦い終わった直後に、ロシア・フランス・ドイツの三国が「友誼ある忠告」であるといって、日本政府にたいして、遼東半島など戦勝で清国からえた諸権利放棄を強要してきた。戦争のために国力は底をつき青息《あおいき》吐息《といき》となっている日本政府は震撼した。

具体的にいえば、二年間の戦争にかかった戦費は約三億円、明治二十七年の国民所得の二億八千九百万円を凌駕《りようが》したのである。論議は紛糾したが、ほかに対抗する手だてはない。三国の干渉に泣く泣く承諾せざるをえなかった。戦勝に浮かれていた日本国民は茫然となる。で、海舟も天を仰いで一句を詠む。

欲張りてハナを失う勝角力《かちずもう》

しかし、そんなに達観できない民草は怒りを燃やさざるをえない。そして最初の驚愕と沈痛から立直ったとき、伊藤博文《いとうひろぶみ》首相がいった「今後のことは大砲と軍艦に相談する」決意を固め、軍事力増強のためひたすら忍耐することにし、臥薪嘗胆《がしんしようたん》を合言葉にした。とくに民草のやむをえざる我慢と忍耐と、燃え上がる怒りの対象に、「三国干渉の首謀者」の帝政ロシアが浮かび上がってくる。そしてその後の我慢と忍耐と怒りの目標も、ひたすらロシアに向けられるようになる。なぜなら、ロシアの南下政策があまりにも明瞭かつ露骨になってきたからである。満洲の広野への怒濤のようなロシアの侵略にたいして、いつの日にか対決せざるをえなくなろう。この悲痛な覚悟のもとに、明治三十年代になると、国民総決起運動といった形で対ロ強硬論が展開されていく。それはまた、異常ともいえるナショナリズムの高揚をともない熱狂となっていったのである。

さて、少々わかりきった説明を長々としたが、以上を頭において、司馬さんの文章をもう一度読み直してもらいたい。司馬さんが書いている数字と、わたくしの調べた数字とが、ちょっと異なっているけれども、日清戦争が国力のギリギリのところで戦われたこと、それゆえにその後の軍事力整備に、日本政府も軍部も国民に忍耐を強いたことには相違ないのである。司馬さんの書かなかったところで、もう少しくわしく、総歳費に占める軍事予算の比率を追ってみたい。

明治二十九年が四三パーセント。三十年には跳ね上がって五〇パーセント。三十一年、五一パーセント。三十二年、四五パーセント。三十三年、四五・五パーセント。そして三十四年、三八・四パーセント。

司馬さんは書く。日本人は貧苦になれていた。その上、封建的な律儀さがまだつづいていた。自分の欲望の主張をできるだけひかえめにすることを美徳としていた、と。

とはいえ、民草にとっては、字義どおり血と涙と汗を搾《しぼ》って払わねばならない重税につぐ重税であった。たとえば、三十四年、三十五年ごろにロンドンに留学していた夏目漱石《なつめそうせき》がいる。当時は（熊本の）五高教授であるから公務員である。で、否応なしに特別税として俸給の一割を建艦費としてとられたのである。少ない留学費の上に、ひどい円安で「日本の五十銭は当地にて殆ど十銭か二十銭位の資格に候。十円位の金は二、三回まばたきをすると烟《けむり》になり申し候」（明治三十三年十二月二十六日づけ鏡子夫人への手紙）と悲鳴をあげている。その上の十分の一の建艦費。それで芥川龍之介《あくたがわりゅうのすけ》が漱石から聞いた話として書いている。

「金に困って昼食を節約して、空腹のため勉強もできなかったということを聞いた。僕はそんな空腹のあとで、一度に飯をつめこむような不規則な生活をされたのが、先生の胃病の原因となったんじゃないかと思うんだ」

それは何も漱石だけではなかった。日本人がひとしく飲まず食わずで頑張った時代であったのである。こうして、狂気ともいうべき財政感覚で、ロシアと戦うためにつくりあげた軍備とはどのようなものであったか。

陸軍――日清戦争の七師団（近衛［東京］、第一［東京］、第二［仙台］、第三［名古屋］、第四［大阪］、第五［広島］、第六［熊本］）を、十三師団（第七［旭川］、第八［弘前］、第九［金沢］、第十［姫路］、第十一［善通寺］、第十二［小倉］）へと拡充。ほぼ二倍である。

海軍――日清戦争のときの総トン数六万トンを、戦艦四、重巡洋艦三を含む艦艇九十四隻を建造または購入し、総トン数二十五万トンの四倍に拡充した。

まったく臥薪嘗胆とはよくいった言葉である。司馬さんが別のところでいうように、「一国を戦争機械のようにしてしまうという点で、これほど都合のいい歴史時代はなかった」のである。

大長編『坂の上の雲』をシッカリと読むためには、まず、こうした国民的悲惨と、これに耐えに耐えた国民はほんとうに〝奇跡〟を行ったのであることを、キチッと頭に入れてから読むべきなんである。

単に〝勝った勝った〟のカッコウのいい物語ではない。

苦しみ抜いた末の開戦

(1)「もし、満州の野で日本陸軍が潰滅《かいめつ》し、対馬海峡で日本海軍がことごとく沈められ、ロシア軍が海陸からこの国にせまったばあい、往年、長州の力士隊をひきいて幕府と戦ったことをおもい、銃をとり兵卒になって山陰道から九州海岸でロシア上陸軍をふせぎ、砲火のなかで死ぬつもりだ」

(2)「つまり六ぺん勝って四へん負ける。このうちにたれか調停者が出てくるだろう。それが米国であることがのぞましい。君に八面六臂《はちめんろっぴ》の大活躍を米国でやってもらうことを、おれはおがむような気持でいる」

(3)「なにぶんたのむ。国運は君の奮闘にかかっている。……まず日本の軍艦の半分は沈める。……人も半分殺す。そのかわり、残る半分をもってロシアの軍艦を全滅させる」

——「開戦へ」より

日露開戦が目睫《もくしょう》の間に迫ったとき、司馬さんの言葉を借りれば「二流の要人」にすぎない金子堅太郎《かねこけんたろう》が、ルーズベルト大統領と知人であるということから、戦争終結のための米国の好意的仲介を得るよう、その下工作をするという目的で渡米することになった。これを受けたものの金子はまったく自信がない。なぜなら世界世論がかれの上に重くのしかかっていたからである。戦争となれば、勝つのは世界五大強国の一たる帝政ロシアにきまっている、それが世界の世論である。もし日本陸海軍主力が緒戦で撃破されるようなことになれば、米国の好意的な仲介もへちまもあったものではないではないか。

これが杞憂《きゆう》であって欲しいと思う金子は、出発に際して、政軍関係の首脳を歴訪し、単なる土手評やタメにする噂なんかではなく、ほんとうのところ、つまり日本軍に勝算がはたして皆無なのかどうか、それを尋ねて回ったのである。ここに引いたのはそのいちばん肝どころの、それぞれの述懐ということになる。(1)が枢密院議長の伊藤博文、(2)が参謀本部次長の児玉源太郎《こだまげんたろう》、(3)が海軍大臣山本権兵衛《やまもとごんべえ》である（いずれも肩書は当時）。

これらの述懐の骨子となるものは、金子堅太郎の回想録『日露戦役秘録』（博文館）に書かれてある。司馬さんは、たとえば、「児玉はパッと煙草のけむりを吹きだして、語りはじめた」という風に、対ロシア開戦が容易ならざる覚悟のもとに決意されたものであることを、まことにたくみにその場にいたかの如く、読ませる文章で描いている。

日本の戦争決意までの経緯については、『坂の上の雲』にも何ページかにわたって書かれているが、脇道の講釈も多くあまり簡明とはいえぬ。そこで蛇足もいいところなるが、ちょっと一席すると――。

明治三十六年春から、帝政ロシアの南下政策はより強硬の度を加え、満洲はおろか朝鮮半島も占拠される危険が高まり、日本のもつ諸権益は風前の灯となった。そこでロシアと直接交渉に入ったのが七月二十八日、交渉は翌年二月までつづくが、ロシア側のスローモーぶりは前代未聞に近かった。しかも、いかに努力と譲歩を重ねても、ロシア政府は満洲は日本の権益外とし、交渉は朝鮮半島のみに限定すると主張、日本の反論をいっさい受けつけようとはしなかった。交渉は最初から難航し、前途に曙光《しょこう》を見出せそうにもなかった。ドイツ人医学者ベルツの、三十六年九月十五日の日記を引いてみる。

「二ヵ月このかた、日本とロシアとの間は満州と韓国が原因で、風雲険悪を告げている。新聞紙や政論家の主張に任せていたら、日本はとっくの昔に宣戦を布告せざるを得なかった筈だ。だが幸い、政府は傑出した桂《かつら》内閣の下にあってすこぶる冷静である。政府は日本が海陸共に勝った場合ですら、得るところはほとんど失うところに等しいことを見抜いているようだ」

第三者としてベルツ博士はじつによく観察している。元老も政府も軍部も、苦悩の限りをつくしながら、たしかに、カッカとせず妙な幻想にとらわれず、冷静そのものであったのである。

しかし、ロシア政府は、朝鮮半島の北緯三十九度以北は中立地帯とすること、満洲は日本の権益外の地であることを世界に公表せよ、つまり満洲と朝鮮半島から日本は完全に手を引け、と高飛車にして強圧的な最終要求を突きつけてきた。

日本の指導者はここに及んで、最後の決断を迫られた。六月二十三日、十月十三日、十二月十六日、翌三十七年一月十二日と、真剣にして慎重に彼我の国力を比較検討した御前会議がひらかれている。第四回の会議のとき、明治天皇はいった。

「なおもう一度、交渉してみてはどうか」

谷寿夫《たにひさお》の『機密日露戦史』には興味深い記載がみえる。

……山県《やまがた》（有朋《ありとも》）元帥および桂（太郎《たろう》）総理に決心を促さんことを要求す。しかるに桂総理大臣の決心確乎ならず、優柔不断ついに国家の大事を誤らんことを恐る。加うるに、山県元帥の意気銷沈してまた昔日の慨なし。ああ、川上《かわかみ》（操六《そうろく》）大将は四年前に逝き、田村《たむら》（怡与造《いよぞう》）少将（十月）一日をもって大将の後を追う。大山《おおやま》（巌《いわお》）参謀総長また戦意なく、……

当然であろう。昭和の戦争のように、暴虎馮河《ぼうこひょうが》の勢いであとさきを考えず、あるいは「そもそも戦争はやってみなければわからない」、あるいは「清水の舞台から飛び降りる」といって国家の命運を賭した戦争に突入する無茶苦茶な論理は、明治の指導者のとりうるものではなかった。司馬さんのしきりに讃えるように、明治人のよさはそうしたリアリズムに徹し、合理的なごく平凡な考えを守り、たえず冷静でありつづけたところにある。

しかし、話し合いの段階はとうに通り過ぎていった。満洲全土にはロシアの戒厳令が布かれていた。二月三日にはウラジオストック在留の日本人に退去命令がでた。明治の指導者はここに及んで対ロシア開戦を決意する。それは、ロシアの引き延ばし策にも乗らず、開戦責任を押しつけられることなく、最適のタイミングを選んでの開戦であったのである。

司馬さんはわざとなのかほとんど明治天皇ぬきで小説『坂の上の雲』を書いている。が、天皇ぬきの近代史はないのである。いよいよ国交断絶ときまったとき、天皇は皇后にだけ洩らしたという。

「いよいよ開戦と決まった。私の志ではないがやむをえない」

そして、しばらくしてから、なかば独語のように呟いた。こうした天皇の言葉は大事である。

「もしこれが失敗したら、何とも申し訳が立たぬ」

さらに、このとき天皇は和歌一首を詠んでいる。

ゆくすゑはいかになるかと暁の
　ねざめねざめに世をおもふかな

天皇ばかりではない、元老・閣僚はもとより陸海軍部もまた、勝利の成算はなかった。勝敗は問うところではなく、期するところは、全知全能をふりしぼって全滅を期して徹底的に戦うのみである。満洲派遣軍総司令官大山巌大将は出征にさいして、山本権兵衛海相に念を押すようにいった。

「戦さは何とか頑張ってみますが、刀を鞘におさめる時期を忘れないでいただきます」

二月八日、日露戦争はここにはじまる。

二〇三高地は日露戦争の天王山なり

この十一月二十七日は、旅順攻撃の戦史上、記念すべき日であった。この日の午前三時、乃木希典は、こんどの総攻撃の失敗が顕著になってくるにともない、ついにいままでの作戦思想をみずから修正し、攻撃の力点（重点というほどではない）を問題の二〇三高地にかけてみようと決心したのである。我《が》を折ったわけであった。（中略）

「二〇三高地に向かうとの電信に接し、来客中なりしに覚えず快と叫び、飛び立ちたり」

と、長岡は書簡でいう。

「もしこの着意、早かりせば、勅語を賜うまでにも至らざるべく、一万の死傷を敢えてするにも及ぶまじく……」

と、長岡は書いている。ともあれ、児玉が南下中のいま、乃木は二〇三高地を攻めている。

——「二〇三高地」より

日露戦争がはじまって、司馬さんはその戦況をさながら特派された観戦記者のように、詳細に描いている。とくに、いくつもの章にわたって、乃木希典《のぎまれすけ》大将指揮の第三軍の旅順《りよじゅん》要塞攻略戦について。が、その間じゅう、少々乱暴な勘ぐりながら、司馬さんは腹を立てていたのではないか。甚大な損耗をだした第一次、第二次、第三次総攻撃の失敗は、第三軍司令部の愚策による以外のなにものでもない。とくに伊地知幸介《いじちこうすけ》参謀長の愚劣さ、それを司馬さんは罵るかのように書いている。

それが、十一月二十七日、やっと乃木は自分の判断で、二〇三高地に攻撃の力点を変換することを決意する。さぞや司馬さんもホッとしたことであろう。そこで「記念すべき日」とし、参謀次長長岡外史《ながおかがいし》少将の書簡に仮託して「覚えず快と叫び、飛び立」っている。

開戦前には、旅順要塞は相手にせず、というのが陸軍中央の基本的な戦略方針である。大連湾《だいれんわん》に上陸し、背後の旅順要塞などにかまわずに北進し、野戦において連戦連勝してゆけば、旅順要塞は立ち腐れてしまう。捨てておくほうが賢明なりという判断であった。

ところが、ギリギリの段階で、海軍から陸から攻撃してほしいとの依頼がとどけられた。そこで急ぎ第三軍が編成される。とはいえ、はじめは強い要請ではなく、要は旅順艦隊を引っ張り出して決戦にもちこみ、撃滅できればそれで万事解決。それが叶わなかった場合には、という条件つきの依頼であったのである。

つまり、海軍とすれば、敵艦隊が旅順港内に籠もってしまい、バルチック艦隊の来航を待って、日本の二倍の兵力となってから決戦にでられたら、勝算は覚束ない。それがいちばん困るのである。ゆえに、旅順艦隊をとにかく撃滅しておかねばならない。そこで港内に籠もった敵艦を撃滅するためにも、弾着観測所の置ける山を占領し、そこから陸軍砲をもって攻撃してもらいたい、それが海軍の要請であった。「ところが」と司馬さんは書く。「乃木軍が要塞をすっかり退治してしまおうとおもったところに、この戦史上空前の惨事（戦争というよりも）がおこったのである」（「二〇三高地」）と。

事実は、連合艦隊司令長官東郷平八郎《とうごうへいはちろう》大将は、わざわざ参謀土屋中佐を送り、第三軍首脳と会い、真に希求する攻撃目的は要塞攻略にあらず、港内の旅順艦隊の撃滅にあることを、懇切丁寧に説明させている。同時に大本営にも切々としてこれを要求する。そう考えると、この十一月二十七日の乃木の決断が、ホッとするものであったことがわかる。司馬さんのいうとおり、乃木司令部はまことに空前に愚かな作戦をつづけていたのである。

こうして二〇三高地にたいする攻撃がはじまった。司馬さんはその死闘のさまをかなり力をこめて描いている。あるいは名文としてこっちのほうをあげるべきなのかもしれない。

――二十九日から三十日にいたる二〇三高地の攻防戦の惨況は、言語をもってこれを正確につたえることは不可能であろう。千人が十人になるのに、十五分を必要としないほどの損耗であった。それでもなお、二〇三高地の西南の一角に、るいるいたる日本兵の死骸の山のなかに生者がいた。その生者たちは砲弾の炸裂のなかでなお銃を執って、槓桿《こうかん》を操作し、撃鉄をひき、小銃弾を敵のベトンにむかって発射しつづけていた。――「二〇三高地」より

その激越この上ない戦闘の続行中に書かれた面白い手紙をご紹介しよう。第三軍に連合艦隊から派遣されていた参謀岩村団次郎《いわむらだんじろう》中佐にあてて、連合艦隊作戦参謀の秋山《あきやま》真之《さねゆき》中佐が書き送ったもの。『坂の上の雲』には出てこない。

まず十一月三十日付け。

実に二〇三高地の占領如何《いかん》は、大局より打算して、帝国の存亡に関係し候《そうら》えば是非決行を望む。察するに敵が斯《か》く迄も頑固に死守するだけ彼等にとりて旅順の価値が貴重にして、敵にも旅順の存亡が国家の存亡に関するものにて、バ艦隊来るも旅順艦隊あらざる時は、我に対し勝算ある攻撃を取ること能《あた》わざればなり。

之《これ》を以って観《み》るときは、旅順の攻撃に四、五万の勇士を損するも左程《さほど》大なる犠牲にあらず。

秋山は、ともかく、旅順艦隊を壊滅させることこそが、日露戦争の天王山と考えていた。そのために、四、五万の犠牲もあえて顧みず、二〇三高地を攻略せねばならないのである。

この日は、第三軍が新鋭の第七師団を二〇三高地攻撃に投入し、司馬さんの書くように、大激戦ののちその一角を占拠することに成功した日である。しかし、翌十二月一日、占領地はロシア軍の反撃で奪回される。同日、満洲軍総参謀長児玉源太郎大将が第三軍司令部に到着、実質的に攻略戦の指揮をとることになった。

つぎは十二月二日付け。

先々便にて申上候ごとく、二〇三高地は旅順の天王山というよりは、日露戦争の天王山なれば、敵が死力を尽して回復を計ることも当然にて、旅順も二〇三高地のために陥落し、露国も二〇三高地のため敗滅せんこと、小生予言するを憚らざるところに御座候。

いかがであろう。あっぱれな秋山の戦略観ということができようか。児玉が旅順に赴いてきたのも、ここが戦争の天王山との、秋山と同じ観点に立っていたためかと思われる。残念ながら、第三軍の参謀たちのだれひとりとして、この先見をもったものはいなかった。

さらに十二月四日付けのもの。

海軍の見地より言えば、旅順の敵艦隊だに片づけば、要塞は陥落せざるも来年五、六月迄現状維持ままにて左程苦痛を感ぜず。蓋《けだ》し旅順の残艦隊滅亡するときは、独り旅順の価値を無くするのみならず、バ艦隊も旅順艦隊の合同を得るにあらざれば、我に対し十分の優位位置に下立つ能わず。従って攻勢を取るの余力無く海上を制圧するの望もなし。況《いわん》や我は十分の自信ありて、バ艦隊だけなれば、見事に撃滅せんとの勝算あるに於てをや。

ここには、秋山参謀の胸中の旺盛なる自信が語られている。バルチック艦隊だけなら見事に撃滅してみせてやる、との壮語がまことに興味深い。そのためにも、旅順残存艦隊の撃滅が第一の条件、と第三軍の奮戦に満腔《まんこう》の期待をよせている。『坂の上の雲』には、この秋山の手紙のことはいっさい出てこない。やむを得ない事情があるが、残念なことと思っている。

二〇三高地攻略の「ドラマ」

「そこで」

と、児玉はいった。

「おぬしのその第三軍司令官たる指揮権をわしに、一時借用させてくれぬか」

みごとな言い方であった。言われている乃木自身でさえ、この問題の重要さにすこしも気がついていなかった。乃木はその性格からして、おそらく生涯このことの重大さに気づかなかったであろう。

「指揮権を借用するといっても、おぬしの書状が一枚ないとどうにもならん。児玉はわしの代わりだという書状を一枚書いてくれるか」

まるで、詐欺師《さぎし》のような言いまわしである。

乃木は、この児玉の詐欺に乗った。

「よかろう」

と、快諾した。

——「二〇三高地」より

満洲軍総参謀長児玉源太郎大将が第三軍司令官の乃木大将を説得する場面である。司馬さんが小説家的想像力を、いや、諸事情を勘案しての推理力といったほうがいいか、存分に発揮したところである。日露戦争についての史料や回想録や論評などを、数多く目をとおしてみたが、こんな会話はどこにもない。それで、司馬さん自身の言葉を借りれば、「みごとな言い方で」あるな、と感服するほかはない。

司馬さんはのちの『この国のかたち』などで、昭和という時代が無残きわまりないものであったのは、統帥権《とうすいけん》が「魔法の杖」のごとくに振り回されわざわいしたのである、と盛んに書いている。統帥権とは、難しく聞こえるが、簡単にいえば軍隊の指揮権のことである。これは天皇陛下すなわち大元帥陛下から特別に委託された絶対的な力をもつもの。それをもたない人間が勝手に指揮権を駆使することが許されれば、軍隊はその場で崩壊するといってもいい。

　第三軍の指揮権は軍司令官の乃木にある。第三軍参謀長伊地知幸介大佐は乃木の命令には服さなければならないが、総参謀長児玉のいうことを聞く必要はない。児玉は満洲軍総司令官大山巌大将の幕僚にしかすぎない。幕僚には命令権はないのである。そこで、伊地知がその言うことを聞かざるをえなくなるように、児玉は第三軍の指揮権を「一時借用させてくれぬか」と実に巧妙なことをいうのである。

　大元帥から与えられた統帥権が貸し借りできるものとは！　司馬さん、うまく作ったり、ヘエーと思うほかはないのであるが、乃木はそれを奇妙とも思わなかったらしい。それほど児玉の説得が時と場所を心得たまことに名人芸的な巧みな言い方であった、ということになるのであろう。つまりはそれがまた司馬さんのあざやかな創作力・文章力、ということになろうが。

　もちろん、大山巌総司令官の軍命令「第三軍の指揮権を児玉に渡せ」という意味の御墨付が、児玉の軍服のポケットに秘められていることを、伏線として司馬さんは用意して書いている。乃木が「児玉の詐欺に」乗ってあっさり承諾したゆえに、児玉は虎の子の〝印籠〟を出す必要はなかったのである。というあたりも、司馬さんは疑問を浮かべる隙をこっちに与えぬくらいごくごくあっさり書いている。乃木のみならず、読者を騙すこともまたお上手ということになる。

そしてこのあとの参謀会議などでも、事実はこれあるのみというくらいに、司馬さんは説得的にトントンとことを運んでいる。

（大山の書状を出せば）一同は事態をまがりなりにも了解するであろうが、児玉の「命令」に法的根拠ができたとしても、その異例さはほとんどクーデターにも似たものとして、一同は印象するであろう。そう印象されることは、避けたほうがよい。さらにその大山と乃木の書状を児玉が出してしまえば、児玉の立場は明快になるにしても、乃木の面目はまるつぶれになる。乃木思いの児玉は、その方法をとりたくなかった。（中略）

「攻撃計画の修正を要求する」

と、（児玉は）いってしまった。

乃木がいうべき言葉であった。一同、児玉の横にすわっている乃木の顔をみた。乃木はことさらに表情を消し、一個の置物に化したように沈黙していた。

――「二〇三高地」より

こうして、どうやっても陥落しない二〇三高地は、乃木に代わった児玉の指揮のもとに、十二月六日、ついにわが軍の手に落ちる。

しかし、よくよく考えてみれば前項に書いたとおり、乃木が二〇三高地攻撃に作戦変更を決断したのは十一月二十七日である。そして総攻撃が開始され、一角を占領したのに、また奪還されてしまったのが十二月一日。しかし、第三軍の士気は決して衰えていなかった。乃木もまた不退転の決意を示している。その十二月一日に児玉が第三軍司令部に到着したのである。なるほど、突撃法を注意し、砲兵の布陣を変更指揮するなど、のちのちの語り草になるほど児玉は大童《おおわらわ》に奮闘した。が、細かく事実を腑分けすればするほど、はたして二〇三高地攻略の全功績を児玉にのみ与えていいのであろうかと、ちょっとばかり疑義を呈したくなってくる。

いずれにせよ、児玉の指揮のよろしきをえようとえまいと、攻略までの将兵の突撃また突撃、死闘につづく死闘はほんとうに凄まじいものがあったのである。攻撃する日本軍のみならず、守るロシア軍もまた死闘の限りをつくした。ロシア軍の二〇三高地守備軍司令官トレチャコフ大佐の手記にこうある。

この日ほど残虐なる憎しみの激闘が行われたことはなかった。銃を投じたるものを容赦なく射殺し、瀕死の重傷者に止めを刺し、銃なき者は血みどろの手をもって互いにノドを締め合い、凄惨見るに忍ばず……。

こうして二〇三高地に日本軍旗がひるがえった。そして、さあ、とばかり高所に立って、旅順港を見下ろしてみれば……。

歴史というものは、人間の必死の想いを嗤《わら》うかのように、皮肉な事実をつねに用意するものなのである。旅順攻略戦ではつとに有名な大口径二十八センチ榴弾砲計十八門からの砲弾が、山を越してどかどかと打ちこまれて、とうの昔に、旅順艦隊を撃滅してしまっていた。すなわち九月二十八日から十月十八日までに、敵戦艦の残存五隻はすべて巨弾の命中をうけて炎上、甚大な被害を蒙ってしまっていたのである。捕虜になった水兵の証言によれば、つぎの如くであったという。

ロシア太平洋艦隊は今や日本軍の巨弾による制圧を受けていらい、火災による暴発を恐れてまず最初に弾薬・火薬類のいっさいを撤去、つづいて水兵の避難上陸をしていたが、その後は火砲も撤去できるものは全部これを陸上要塞砲に転用し、また水兵主力も陸戦隊に編成されて、陸軍の補充用にあてられた。

旅順港の、連合艦隊の作戦参謀秋山中佐があれほど恐れていた敵艦隊が、〝海上に浮かぶ鉄屑〟ばかりになっていたとは!!　いったい旅順攻略戦とは何であったのか。ほとんど言葉を失ってしまう。計画をたてる、あるいはこれを成すことの根底に、つねに正確なる情報が必要であることを、『坂の上の雲』には書かれていないが、この歴史的事実は教えてくれている。それにつけても、知らぬは仏とは……ああ。

乃木の武士道と日本軍の国際法遵守精神

有賀《ありが》長雄《ながお》は一読し、

「降伏申し入れです。まちがいございません」

と、このみじかい文章をまず英語で音読し次いで日本語に訳した。

驚嘆すべきことは、有賀が訳しおわったあとも、みな一語も発しなかったことである。

この異様な沈黙については、

「旅順で死んだ幾万の幽魂がこの部屋にあつまってきたようで、どの幕僚の顔をみても、喜悦などというような表情がなく、ちょうど、なにかに押しつぶされそうになっているような、そういう苦悩がある」

と、有賀博士はのちのちまで門人たちに語っている。もしこの場の空気を西洋人がみれば日本人の感情表出というもののふしぎさに、むしろぶきみなものを感ずるであろう。悦ぶにはあまりにも犠牲が大きかったし、すぐ飛びあがって笑顔を作る気になれないほど、この七カ月の心労は大きすぎたのである。

「伊地知さん。処置をしてください」

と、乃木が伊地知に声をかけたとき、魔法がやっと解かれたようにして部屋の空気がうごきはじめた。

——「水師営」より

明治三十八年一月一日、旅順要塞のロシア守備軍総司令官ステッセル中将からの「降伏通告」を受けとったときの、第三軍司令部の情景である。死闘に死闘を重ねること、じつに七ヵ月余、第三軍の参謀たちの胸には万感がつきあげ、ついに、「一語も」発することができなかったであろうことは、想像に余りある。その溢れるような想いを、司馬さんは感動的な名文で描いている。

この熾烈《しれつ》な攻略戦に投入された日本軍の兵力は約十万。死傷六万二百十二人、うち戦死者一万五千四百余人。ただ凄惨の二字を冠してかくほかはない。ロシア軍は兵力三万五千が要塞に籠もって戦い、死傷一万二千余。うち戦死者は三千人近くというのは、いかに要塞が近代的に頑強に築城されたものであったかを如実に物語っている。

その要塞に、日本陸軍は決死の白兵戦法で遮二無二《しゃにむに》ぶち当たり、どうにかこれを攻略することができたのである。そこから浮かびあがった戦訓は「必勝の信念のもとの白兵肉弾攻撃」という非近代的な戦法であり、のちにこれによって太平洋戦争における必勝を期したことは、笑えない事実として記憶に鮮明に残っている。

乃木大将とステッセル中将の水師営での会談のことは、わたしたち老骨は子供の頃に教科書や絵本などでシッカリと教えこまれた。「庭にひともと棗《なつめ》の木」の歌をいまも懐かしく歌う読者も多くいることであろう。このとき、英米の新聞記者団から会見場の写真撮影の強い申し出があった。とくにアメリカからは映画技師が特派されてきて、当時としては珍しい映画撮影の願いまで出された。しかし、乃木は大喝してこれを拒否した。

「それは敵将にたいして無礼である。後々まで恥を残すような写真は、日本の武士道が許さぬ」

といって、

記者団はなおも食い下がり、映画班は泣かんばかりに懇願した。乃木はそれならば

「会見が終わったあと、ステッセル将軍以下には帯剣してもらい、一同が友人として列《なら》んだところを一枚だけ許そう」

とやっと同意した。いまも残る記念の集合写真がそれで、よき時代のよき日本人の面影を偲ぶよすがとなる貴重な一枚となっている。

もう一話、『坂の上の雲』にはないエピソードをかいておきたい。旅順開城の条件は十ヵ条あり、その第九条にこんなことがかかれている。

「将校、官吏、義勇兵にして本戦争の終るまで、軍務につかず、また、日本軍の利益に反する行為をなさざることを宣誓するものは、本国に帰ることを許す」

これを受けてステッセルは、降伏後に本国のニコライ二世に電報でこう訴えた。

「宣誓して帰国することの、陛下のお許しを乞いたい。そうでなければ、捕虜として敵国に留められることになる」

ニコライ二世の返報はすぐにとどけられた。

「朕《ちん》は宣誓して帰国するも、捕虜の運命を甘受するも、諸君が自由に選ぶことを承認する」

結果として、ステッセル中将以下将校が四百四十一人、下士官兵二百二十九人が、厳かに宣誓をしたというのである。そして彼らは二月十日に、フランス船に乗って、長崎港から帰国の途についた。残酷無慈悲な殺し合いばかりの太平洋戦争においては、およそ考えられないような奇抜な話、というよりも、心温まる話ということになる。

さらにもう一つ、有賀長雄《ありがながお》博士に関連して、司馬さんもかいていることを引用し、さらに一言弁じておきたいことがある。

この有賀長雄を、乃木軍司令部付の文官として外征軍に参加させたところに、この当時の日本政府の戦争遂行感覚の特徴があるであろう。日本政府は明治初年以来、不平等条約の改正について苦心をはらってきたが、そのためにはなによりも国際法をまもるということについて優等生たろうとした。このたびの対露戦においても、

——国際法にもとるようなことがいささかでもあってはならない。

として、軍司令官たちに大本営は入念に訓令している。有賀長雄が、乃木の国際法の幕僚としてつけられたのは、そのためであった。

——「水師営」より

明治という時代を考えるときの楽しさはここにある。国際人たらんとした明治の日本人の真面目さ、真摯さ、一所懸命さがすこぶるよく出ている。そのいっぽうで、それにつけても、という情けない話がつぎにくるのが残念であるが。

それは何か？　といえば、太平洋戦争の「開戦の詔書」に、当然なければならない根本的な一行がなぜないのか、という事実なのである。

すなわち、「天佑ヲ保有シ、万世一系ノ皇祚ヲ践メル大日本（帝）国皇帝（天皇）ハ……」と書き出しはほぼ同じながら（丸カッコ内が太平洋戦争）、日清戦争・日露戦争・第一次世界大戦における詔書はつぎのように明確に記している。

苟《いやしく》モ国際法ニ戻《もと》ラサル限リ、各々権能ニ応シテ一切ノ手段ヲ尽スニ於テ、必ス遺漏ナカラシムコトヲ期セヨ（日清戦争）

凡《およ》ソ国際条規ノ範囲ニ於テ一切ノ手段ヲ尽シ、遺算ナカラムコトヲ期セヨ（日露

戦争。これは第一次大戦もほぼ同じで、ただ「遺算」の上に「必ス」が付せられている）

このように、過去の外戦のときにかならず明示されていた〃国際公法の条項を守れ〃の一行が、太平洋戦争開戦の詔書にはないのである。正しくいえば、昭和の指導者はこの一行を削りとって、テンとして恥じることがなかった。「世界に冠たる国民」というようなうぬぼれた、夜郎自大《やろうじだい》の精神がそれほど人間をお粗末にしたのかと、いまはただただ歎くばかりなのである。ページの余裕がないゆえ、削りとった経緯については略さざるをえない。そして、もちろん、有賀長雄博士のような国際法の専門家が、陸海軍について戦場にいくようなことのなかったこと、こと改めてかくまでもない。

日露戦争〃辛勝〃と〃空しき〃官修史書

――（三月九日朝）異様な気象現象が満州の野をおおい、この会戦をいっそう劇的なものにさせた。

「大風塵起ル」

という意味の表現が、あらゆる戦闘報告や記録に出てくる。（中略）

この狂風と黄塵が天地を昏《くら》くしつづける前、未明からロシア軍の総退却がはじまっていた。

この朝、歩兵中尉多門二郎《たもんじろう》は、その総退却の壮観ともいうべき光景を目撃している。

多門たちは追撃のために前夜は一睡もせずに行軍しつづけた。かれの所属部隊は黒木軍の前衛であるため、ロシア軍にもっとも近接しているはずであった。（中略）

多門中尉はやや高所にのぼって前方の渾河左岸を展望したとき、生涯わすれがたい光景をみた。

「雲霞《うんか》のごとき大軍」

と形容するほかないほどのロシア軍の大軍が退却しているのである。退却軍は地を覆ってうごき、そのうごきは地平のはてまでつづき、ある大縦隊は

――東方にむかい、ある大縦隊は西方にむかい、あたかも渦をなしてどれがアタマなのかシッポなのかわからぬほどの奇観であった。――「退却」より

日露戦争の陸の決戦であった奉天《ほうてん》会戦の、三月九日のロシアの大軍総退却の、クライマックスともいえる場面である。ここに登場する多門二郎とは後の中将、昭和の満洲事変のころの駐満洲の第二師団長で、『余ガ参加シタル日露戦役』という回想録を残している。司馬さんの記述はおそらくそれによったものであろう。「雲霞のごとき大軍」とたしかにそう多門中将は認めている。

ロシア軍の退却は、決戦に完敗したためではなく、総指揮官クロパトキンの判断、すなわち、ロシアの伝統的な戦法によるものである。一つの戦場に執着せず、サアッと後退してゆき、最後に敵の補給線が伸びきったところで大攻勢にでる。この、いずれ大決戦するための兵力温存の「積極的退却」という戦略によるものなのである。そうとは知らない日本軍は、さすがにアッケにとられたという。多門中将の回想でそのことを察することができる。が、それを引用するよりも、ここはやっぱり司馬さんの錬達の文章のほうが、はるかに臨場感があるというもの。

多門中尉の実感としては、追撃というような考えは瞬時もうかばなかった。それよりも動物的恐怖心としか言いようのない衝撃——もしこの大軍が逆にわが方にむかって逆襲してくれば日本軍はどうなるのか——ということだけが、全身をとらえつくしていた。

——「退却」より

こうして、戦う前に「日露戦争の関ケ原なり。ここに全戦役の決勝を期す」とのスローガンのもとに戦われた奉天会戦は、日本軍の勝利で終わった。しかし、くり返すが、それはいわば僥倖《ぎょうこう》によるものであったといえる。もしも、クロパトキンが伝統にとらわれぬ積極的な攻勢主義者であったならば、と考えると、後世のわたくしたちは「まったくよくぞ勝ち得たものよ」と感嘆するほかはなく、おそらく、当時、参戦した将兵たちもそのように思えたに相違ないのである。

思えば、昭和戦前の日本人は、三月十日を「陸軍記念日」として心から祝うことを常とした。悪ガキのころからわたくしも、まことに晴れ晴れしい気持ちでこの日の朝を迎えた。さらには、後にたっぷり語ることになる日本海海戦大勝利の五月二十七日を「海軍記念日」として、もっと陽気に迎えたものであることを記憶している。

そしていま、伝えられているほど日露戦争は連戦連勝の、そんな圧倒的勝利の戦いがつづいたのではないことを、わたくしたちは歴史的事実として知っている。いずれの戦場においても、それは〝辛勝〟とよぶのがいちばんふさわしい戦いの連続であったのである。たしかに、日本軍は終始攻勢に出たために戦勝の栄誉をうけることができたが、その損害を比較すればかならずしも有利ならざる状態であったのである。ただひとつ、日本海海戦をのぞいて。

数字をもって示すことにすれば……。陸戦においては遼陽《りょうよう》、沙河《さか》、奉天を三大会戦という。その戦いの死傷者の総数の日露の比較である。

〈遼陽〉	日本軍	二万三七一四名
	ロシア軍	一万六五〇〇名
〈沙河〉	日本軍	二万〇五七四名
	ロシア軍	三万五五〇〇名
〈奉天〉	日本軍	七万〇〇六一名
	ロシア軍	六万三六四九名

いかがなものか。とくに日本軍にとっては、この死傷者のなかに大隊長、中隊長、小隊長といったイキのいい指揮官が多くふくまれていることが痛手であった。補充がままならないのである。

もちろん、『坂の上の雲』にはこの三大会戦が詳細に物語られている。ただし、小説ゆえに司馬さんはこんな統計を加えて読者の興をそぐようなことはしていない。しかし、そのことはとっくに承知していたことはいうまでもない。

なぜなら、そのことに関連して『坂の上の雲』最終巻の「あとがき」で、司馬さんは痛憤してふれているのである。陸の戦いを書くために参考にした参謀本部編纂の『明治卅七八年日露戦史』全十巻が、いかにインチキなものであることか、それは「明治後日本で発行された最大の愚書であるかもしれない」とまでいい切っている。連戦連勝の威勢のいい話ばかりで、参考にもならなかった、とも。

どうしてそんな出鱈目な官修史書がつくられたのか。このことについても「あとがき」で司馬さんはハッキリ書いている。

「戦後の高級軍人に待っているものは爵位をうけたり昇進したり勲章をもらうことであったが、そういうことが一方でおこなわれているときに、もう一方で冷厳な歴史書が編まれるはずがない」

真実、その通りであったのである。高級軍人の出世のために、後世のために大切な戦史の編纂者には上から禁制規定が押しつけられていた。司馬さんは書いていないが、それらは思わず笑わざるをえないほど、アホらしい規定なのである。麗々しく写すのも腹立たしくなるだけながら、あえて、その二つ三つを抜き出してお目にかけることにする（原文は片カナ）。

高等司令部幕僚の執務に関する真相は記述すべからず。

軍隊又は個人の怯惰《きょうだ》・失策に類するものは之を明記すべからず。

然れども、為に戦闘に不利結果を来たしたるものは、情況やむを得ずが如く潤飾するか、又は相当の理由を附し、その真相を暴露すべからず。

我軍戦闘力の耗尽もしくは弾薬の欠乏の如きは決して明白ならしむべからず。

こんな馬鹿げた制約を膨大に課せられて、歴史を書けといわれたって……。そう、もし書けるヤツがいるとすれば、それは希代の大ウソつきのみであろう。ないしはデッチ上げの名人ばかり。もう少し官修史書について弁じたいけれども、いいかげんこのくらいにしておく。

「馬鹿かァ、お前は」のカタルシス

その列車が新橋駅についたのは、三月二十八日の朝である。

児玉の帰京が極秘にされていたために、駅頭まで出迎えにきていたのは一人しかいなかった。参謀本部次長・少将長岡外史であった。

長岡のひげは以前より大きくなり、顔の両側まではみ出ていた。かれはデッキから降りてきた児玉に敬礼した。

児玉は答礼もせず、長岡の顔をみるなり、

「長岡ァ」

と、どなった。長岡はこのどなり声を終生わすれず、児玉の話題が出るたびにそのことを語った。馬鹿かァ、お前は、と児玉はいった。

「火をつけた以上は消さにゃならんぞ。消すことがかんじんというのに、ぼやぼや火を見ちょるちゅうのは馬鹿の証拠じゃないか」

児玉はよほど腹が立ったらしく、さっさと駅長室にむかって歩きだした。

長岡はそれを追った。

——「退却」より

日露戦争での関ケ原の戦いともいうべき奉天会戦において、勝利の栄光は幸いに日本軍の頭上に輝いた。その快報が伝えられると、何も知らない国民は狂喜して、さらに威勢よく「ウラルへ、バイカルへ」の進軍を希求したし、若い軍人たちは少なくともハルビンまで進撃して、敵を撃破、完全勝利を決定づけることを主張した。しかし、ほんとうのところ、勝利とはいえそれは辛勝もいいところであった。

事実、すでに書いたとおり大隊長、中隊長といった若い優秀な戦闘指揮官がとくに数多く失われていた。旅順、遼陽、沙河、奉天とつづく激戦で、その大部分が死傷したのである。このため、奉天戦の後半では年齢五十歳前後の大隊長が陣頭に立たざるをえなくなっていた。当然のこととして突撃隊の速度は、緒戦時にくらべると格段に低下している。といって、その補充は容易ではなかった。

大砲の砲弾も底をつきはじめている。奉天では三十万発を撃った。遼陽の十二万発、沙河での十万発と並べてみれば、驚異的な数字であろう。開戦前に、山県有朋参謀総長が、「わが計画のすでに十二分に成るあり」と豪語したという弾薬の生産も、これだけ撃ちまくっては、各軍に「無弾の砲兵」が続出したのも怪しむに足りない。

いっぽう三月十二日、ロシアでは、ニコライ二世臨席の御前会議において、ひきつづき戦争を継続することが決定されている。海軍大臣は、バルチック艦隊が必勝を期して東航をつづけ、闘志満々であることを報告する。陸軍大臣もまた怪気炎を吐く。「歩兵六十コ師団以上を増強する準備が着々と進められております。海軍以上に必勝の自信、いまこそわれにありであります」。ニコライ二世はいとも満足げに断乎戦えと激励した。

もちろん、そんなこととは知りうべくもない日本軍の大山巌満洲軍総司令官は、三月十三日、大本営に一通の意見書を送っている。その要領はわかりやすくすればざっと左の如し。

奉天戦後の戦略は、政略と一致するを要す。戦略からいえば、軍はハルビンを屠《ほふ》り、黒龍江までも進撃すべきであろう。しかし、国家の政策からみれば、今後の攻勢長駆は無用の行動に過ぎず、予想さるる幾万の犠牲も無意義に終るというべきである。攻撃を続くるにも、持久戦をとるにも、兵力も兵站《へいたん》も大準備が必要である。故にまず国策の方向を定むるを先決とす。

賢明なるものがこの電報の紙背を読めば、戦力を勘案すれば今後の戦勢は容易ならず、攻勢はもはやこれまで、「講和への道」を拓くのが緊要であることを、大山が訴えているとわかる。クラウゼヴィッツの名著『戦争論』にいう「戦争は政治の延長であり、単に政治の手段に過ぎず」そのことを、大山はいっているのである。

さて、そうした事実をうしろに置いてみると、冒頭の司馬さんの名文は『坂の上の雲』のなかでいちばん気持ちよく読めるところといえよう。あるいは雄大で闊達《かったつ》なこの長い物語中で、最高に楽しく心踊る場面といいかえてもいい。つまり、ここに書かれている「馬鹿かァ」は、日本史上において最高に爽快な罵声である。明治のわれらが父祖の素晴らしいところが、美しく描かれているところ、といってもいいかも知れない、それも司馬さんの軽ろやかな筆によって。

もちろん、長岡外史将軍の回想に基づいて書かれている。過去にそのくだりを読んだ人なら、間違いなく目にしたであろうその回想では、児玉の言葉はこうなっているはずである。

「長岡！何をボンヤリしとる？　点火したら消すことが肝要じゃ。それを忘れてるのは莫迦《ばか》じゃよ」

如何《いかが》なものか。較べてみるまでもなく、司馬遼太郎という小説家のあざやかな技法が感得できるではないか。顔を見ると、「長岡ァ」と、児玉はいきなり長岡に、たしかに言ったらしい。が、そのあとにつづく「馬鹿かァ、お前は」は司馬さんの創作である。であるから、司馬さんはカギ括弧の会話体にせず、地の文にしてある。心憎いばかりの史実への配慮ということになる。これが並の作家になると、こうはドラマチックに書けない。長岡の回想の言葉をスラスラと並べて終わりで、クソ面白くもなくなる。

いや、大作家への羨望と、いくらかのヤッカミでくだくだと書いているのではなかった。要は、奉天会戦で辛勝後の、日本帝国のおかれた苦しい戦力情況を、「馬鹿かア、お前は」の一語がほんとうにあざやかに示している、そのことを知ってもらえればいいのである。大本営への極秘の使者としての児玉の苦悩を、読者がおのれの苦悩のごとくに感得する、そこに小説を読むことの醍醐味がある、というところなのである。

さらに蛇足を加えれば、明治のリーダーと昭和のリーダーとの違いを読みとってもらえれば、それこそ最高である。

自分たちのおかれた立場を厳密に認識し、つまりリアリスティックに国力や民力を考慮し、希望観測的な判断、あるいは蜃気楼的な夢想から一〇〇パーセント解き放されている。けっして自分たちが「無敵」との幻想を抱かなかった。それが明治の国家指導者であった、ということを。

それにひきかえて、昭和の政治家も軍人も、そうしたリアリズムとは無縁であった。ひたすら想像的楽観主義に酔い、「必勝の信念」を頼みの綱に、連戦連勝で戦争は終わるとの空中楼閣を描いた。理性的かつ合理的かつ冷静に、落ち着いて国力を考えることをしなかった。「人間、一度は、清水の舞台から飛び下りる猛勇を持つことが大事なり」という近衛《このえ》文麿《ふみまろ》総理をけしかけた東條英機《とうじょうひでき》陸軍大臣の言葉が、それをいみじくも象徴する。

ましてや、どうやって戦争を講和に導くか、ほとんど一顧だにしなかった。ドイツがヨーロッパで勝ち新秩序をつくる。「バスに乗り遅れるな」で戦争に踏み切り、見事に勝って東亜に新秩序を形成し、日本がその盟主になる。要するに、人の褌《ふんどし》で相撲を取る、それだけであった。これを愚かといわず、ほかの言い方があるとは思えない。

真珠湾攻撃成功の報告を聞いた朝、永野《ながの》修身《おさみ》軍令部総長は喜色満面でいった。

「そうれみろ、反対する奴も多かったが、戦争はやってみなければわからないじゃないか」

まったくガッカリさせられる。昭和の指導者の情けなさ、まだまだ山ほどもあるが、書くのが楽しくなくなっていくばかりである。

バルチック艦隊はどこに現れる⁉

——東郷は長官室にいた。島村と藤井が入った。席をあたえられたため藤井はすわろうとしたが、島村は起立したまま、口をひらいた。かれはあらゆるいきさつよりもかんじんの結論だけをきこうとした。

「長官は、バルチック艦隊がどの海峡を通って来るとお思いですか」

ということであった。

小柄な東郷はすわったまま島村の顔をふしぎそうにみている。質問の背景を考えていたのかもしれず、それともこのとびきり寡黙な軍人は、打てばひびくような応答というものを個人的習慣としてもっていなかったせいであるのかもしれない。やがて口をひらき、

「それは対馬海峡よ」

と、言いきった。東郷が、世界の戦史に不動の位置を占めるにいたるのはこの一言によってであるかもしれない。

東郷のその一言をきくなり、島村速雄は一礼した。

かれも多くを言わなかった。東郷の応答に対してかれがいったのは、

「そういうお考えならば、なにも申しあげることはありません」

――という言葉だけで、藤井をうながして長官室を出、三笠から去ってしまったのである。

――「艦影」より

たとえば、夏目漱石の『吾輩は猫である』に、いま祖国は日露戦争の真っ最中ゆえに、名なしの猫が国の役に立ちたいと殊勝にも決意する場面がある。そうだ、日本の猫として鼠をとることにしよう、しかし、その鼠野郎がどこから出てくるのか、流しの奥か、戸棚の後ろか、へっついの下からか、それが問題である、と。

東郷大将はバルチック艦隊が対馬海峡を通るか、津軽海峡へ出るか、あるいは遠く宗谷海峡を廻るかについて大いに心配されたそうだが、今吾輩が吾輩自身の境遇から想像して見て、御困却の段実に御察し申す。（五章）

この小説は日露戦争の真っ最中から書き出されたものゆえ、ほうぼうに日露戦争のことにふれられている。それを拾っていくだけで、結構、大そう楽しめる。とくにこの五章は、日本海海戦の直後に書かれたゆえ、相当に克明に書かれていて、すこぶる愉快千万になる。ということは、それだけバルチック艦隊が三つの海峡のどこを抜けるかが、当時の日本国民の大話題であったことを、小説は見事に語ってくれている。

少しく長い脱線であり、『坂の上の雲』の長い引用となったが、ここで大事なのは、バルチック艦隊がどこの海峡にくるか、であり、

「それは対馬海峡よ」

という連合艦隊司令長官東郷平八郎大将の、この、ただの一言なのである。

昭和一ケタ生まれのわたくしたちは、悪ガキのころから、東郷さんの不動の決断の素晴らしさをタップリと教えこまれて育った。そして「ここに来るでごわす」と一言いって対馬海峡を指しただけ、これで司馬さんが書くように東郷さんは世界の名将となり、英雄となり、ついには神様となった、とそう心得てきた。

たしかに、司馬さんはその少し前で、連合艦隊司令部の参謀たちのかなりの混乱ぶりにふれている。とくに五月二十日を過ぎたころからの、作戦参謀の秋山真之中佐の困惑、動揺かつ惑乱ぶりをハッキリと書いている。すなわち、「敵がどうにもわが哨戒網にひっかかって来ないところをみると、おそらく太平洋へ迂回してしまったにちがいない。となれば航海に困難のある宗谷海峡は通るまい。津軽海峡を通るにちがい

ない。いそぎ錨を抜き、鎮海湾を出て津軽海峡の出口で待ち伏せねばならない」（「艦影」より）と、秋山参謀は対馬海峡放棄を半ば決定した、とまで司馬さんは書いているのである。

そんな風に、参謀たちみんながガタガタしているときに、東郷のみが「ここに来るでごわす」と対馬海峡を指して、ひとり泰然自若としていた。なんて、あっぱれ過ぎて、これはやっぱり名将だよ、と思わせられる。

引用の部分は、司令部参謀たちのそんな右往左往を案じた第二艦隊第二戦隊司令官の島村速雄《しまむらはやお》少将と、第二艦隊参謀長の藤井較一《ふじいこういち》大佐とが連れだって、連合艦隊旗艦の「三笠《みかさ》」をカッターで訪れ、はたして東郷長官の真意はどうなのか、を直接に質したという場面である。もちろん、事実には、こんなことは微塵《みじん》もない。完全な司馬さんの創作である。四、五日先きには決戦というそんな大事なときに、突然に、大物の二人がはるばる遠くから水兵にカッターを漕がせて長官訪問なんてことはありうべくもない。

しかし、この長編小説を書くために、元海軍軍人たちからの取材を重ねているうちに、鎮海湾待機中のこの最高に危機の段階において、とくに重要人物として、島村と藤井の二人の名を、司馬さんは何度か聞かされたのであろう。それは小説であるからといって簡単に無視するわけにはいかぬ、つまり彼らは日本海海戦における隠された殊勲第一の提督たちと、司馬さんには印象づけられたにちがいない。それで二人の出番を上手くこしらえた、とみてもそれほど間違ってはいないと思う。

といっても、じつは『坂の上の雲』が書かれている昭和四十年代にあっては、この二人の提督の果たした真の大仕事を知る人は、ほとんどいなかった。取材に応じた元軍人たちも漠然たることはそれとなく先輩から教えられていても、肝腎かなめのことについてはまったく無知であった。であるから、いったい何があったのか、詳細を司馬さんに語るわけにもいかなかったのである。

この鎮海湾待機の、クライマックスのときの全貌が明らかになったのは、昭和が終わろうとする二、三年前のことなのである。『極秘明治三十七八年海戦史』という日本でたった一組しか残っていない全百五十巻の史料が、皇居の奥深くから防衛庁戦史室（当時）に下賜されてきたのである。ほかに軍令部と海軍大学にも一組ずつたしかにあったが、わざわざ終戦のときにこれらを灰塵に帰せしめたという。愚かなことをしたものよ。

いま、貴重な一組が見られるのは、「これをここにしまっておくよりも、国民共有の史料としたほうがよい」という昭和天皇のご意向によるという。その有難い話を知るにつけても、いやはや、灰になった二組のことを考え、歴史を大事にしない日本人、ということの証拠を見せつけられるようだな、の想いを禁じることはできない。

それはともかく、いよいよバルチック艦隊の日本近接を迎えて、東郷長官が、秋山参謀が、島村司令官が、藤井参謀長が、いや、連合艦隊が、いやいや、わが日本海軍がいかなる判断をし、つぎなるどんな行動をとったのか、真実を明らかにするときがきた。

東郷平八郎の逡巡

五月二十四日、鎮海湾の連合艦隊司令部から、

「もし相当の時機まで敵艦を見ないときは艦隊は随時に移動する」

という意味のおどろくべき電報が入ったのである。

この間《かん》、話が錯綜《さくそう》する。

「相当の時機まで敵艦を見ないときは艦隊は随時に移動する」

という電文は、「鎮海湾を去り、北上し、北方での待ちぶせ態勢に切りかえる」という意味をふくんでいる。

むろん大本営の作戦班の山下源太郎たちはそのように解釈した。

もっとも事の真相は、秋山真之らの艦隊幕僚の側において多少相違していた。真之らがこの電報を東京へ打ったのは東郷の意思を通告するためのものではなく、かれら艦隊幕僚が大本営幕僚である山下らとのあいだに意見交換をしたいというういわば意見電報で、

——貴官たちはどう思うか。

という意味がこめられていた。これが幕僚間の意見交換の電報であったことは、真之らが東郷の許可を得ていないことでもわかる。——「艦影」より

かなり長い引用となったが、かんじんなところなのでやむをえない。司馬さんがここに書いている五月二十四日の電報の全文をかかげてみる。

「敵は北海道に迂回したるものと推断す。当隊は12ノット以上をもって北海道渡島《おしま》に向かい移動せんとす」

これは二十四日の午後二時四十五分に鎮海湾の旗艦「三笠」から大本営に打たれている。これをまともに読めば「わが司令部はそう推断したゆえに、移動する」という意思を表明したものであって、司馬さんのいうように「貴官たちはどう思うか」と問い合わせたようなものではない。したがって東郷の許可をえないで打電されたものであるはずはない。

しかし、前項でふれたように『極秘明治三十七八年海戦史』がひもどけるようになるまでは、それで通用していた。幕僚たちが少しく動揺をみせようと、東郷長官ははじめから対馬説をとっていて微動だにしなかった。その意思を再確認にきた島村少将も、藤井大佐も言うべき言葉もなく引き退った。この長官の不退転の決断から、世界史に誇る完勝があったのである……と。

これは、恐らく明治四十三年暮れに完結した海軍軍令部編『明治三十七八年海戦史』(全四巻)が基本となっているからであろう。海軍の公式戦史としてこれが罷り通っていた。そして小笠原長生《おがさわらながなり》元中将の『撃滅』や『東郷元帥詳伝』がそれを補強し

た。『元帥島村速雄伝』にも同じ情景が出てくる。そして東郷長官は、小笠原長生の言葉を借りれば、

「第六感というか、霊感を受けるようなことが、ときどきあったのではないか」

となり、やがてその人までが絶対視されるようになるのである。

しかし、いまはそれが事実と違うことがハッキリした。

事実は、東郷長官とその幕僚たちはロシア艦隊の消息不明に対処し、北海道に向かって艦隊を移動させることを決意した。その判断が大本営への電報であり、麾下《きか》の各戦隊司令部にたいしては、五月二十四日午後三時通達の「密封命令」書となったのである。封筒に入れられた命令書は密封されて手交され、明二十五日午後三時開封と指示された。かくて警信一下すれば連合艦隊主力は錨をあげて、津軽海峡に向かう準備を完全にととのえていた、というのが事実なのである。

いま、ようやく明らかにされた密封命令を原文どおりに記しておく。

一、今ニ至ル迄当方面ニ敵ヲ見サルヨリ敵艦隊ハ北海方面ニ迂回シタルモノト推断ス

二、聯合艦隊ハ会敵ノ目的ヲ以テ　今ヨリ北海方面ニ移動セントス
三、第一、第二艦隊ノ予定航路及ヒ日程航行序列及ヒ速力附図ノ如シ
（四以下九まで略）
十、本令ハ開被ノ日ヲ以テ其ノ命令日付トシ出発時刻ハ更ニ信号命令ス

どうであろうか。『坂の上の雲』に書かれたこととは異なって、連合艦隊司令部は明らかにしびれを切らしたのである。敵艦隊はどの海峡にくるか、甲論乙駁《こうろんおつばく》の果てに、ついに秋山参謀が北上を決意し、加藤友三郎《かとうともさぶろう》参謀長が同意し、そして東郷長官もまた……と考えられる。開戦いらい一年余、国力の限界を超えている戦いをつづけてきて、いまロシア艦隊にウラジオ入港を許すことは、戦勢の逆転となろう。死活のカギを握る海上交通戦が重大な脅威にさらされることになるのである。それまでにえた陸と海とでの勝利も水の泡となる。連合艦隊司令部は断崖絶壁に立たされて、ついに北進を決意した。それがいままでに知りえなかった歴史の真実ということになる。

しかし、ここにひとり、いやふたりか、連合艦隊のこの方針に断乎として異を唱えた闘将が、真っ向から立ち塞がった。第二艦隊参謀長藤井較一大佐と、第二艦隊第二

戦隊司令官島村速雄少将とがそれである。島村と藤井のふたりが『坂の上の雲』で何やら奇妙な登場の仕方をするのは、前にも書いたが、司馬さんが簡単に忘れるわけにはいかない軍人として、取材中に深く印象に刻まれたからにほかならない。

ふたりが、とくに藤井大佐が孤軍奮闘して、艦隊幕僚全員を相手どり激論を重ね、これに島村少将が参加して正論をのべる。結果として東郷長官がふたりの意見具申をとりあげて、

「密封命令の開封時刻を二十四時間さきに延ばし、二十六日午後三時とします」

との最終決定を行う。そのいきさつもきわめて面白い話ではあるが、長くなりすぎるので略す。ともあれ、この決定が最終的に国を救ったことになる。

二十六日朝まだき、軍令部より「ロシア義勇艦隊五隻、運送船三隻、上海に昨二十五日夜に入港す」との電報が、連合艦隊にとどけられる。何だ、敵艦隊はまだ東シナ海にいる、太平洋へは回航していないではないか。連合艦隊司令部からはこの瞬間に北進論は霧散した。足手まといの、石炭補給のための運送船に別行動をとらせたのは、バルチック艦隊が決戦を覚悟して、最短コースをとろうとするからである。すなわち対馬海峡へ。

そのあとにも確たる情報がつづいた。二十六日夕刻には「バルチック艦隊は舟山列島付近にあるものの如し」と。

二十六日が終り、二十七日午前零時をまわる。前日の静穏さにくらべて、二十七日の夜は空が暗く、風が立ち、波が高く、濛気《もうき》がたちこめた。あるかないかの月光がときどき海面に落ちる。総員起しは午前五時である。哨戒《しょうかい》中の仮装巡洋艦信濃丸《しなのまる》から「敵艦隊見ゆ」の第一報が「三笠」に着信したのが午前五時五分。東郷長官は全軍に即時出動を命令した。

天気晴朗ニシテ浪高シ!?

やがて飯田少佐が真之のところへやってきて、草稿をさし出した。

「敵艦見ユトノ警報ニ接シ、聯合艦隊ハ直《ただち》ニ出動、之ヲ撃滅セントス」

と、あった。

「よろしい」

真之は、うなずいた。飯田はすぐ動いた。加藤参謀長のもとにもってゆくべく駈け出そうとした。そのとき真之は、「待て」ととめた。すでに鉛筆をにぎっていた。その草稿をとりもどすと、右の文章につづいて、

「本日天気晴朗ナレドモ浪高シ」

と入れた。

後年、飯田久恒は中将になったが、真之の回顧談が出るたびに、

「あの一句を挟《はさ》んだ一点だけでも、われわれは秋山さんの頭脳に遠く及ばない」

と語った。たしかにこれによって文章が完璧《かんぺき》になるというだけでなく、単なる作戦用の文章が文学になってしまった観があった。――「抜錨」より

日本海海戦を語るとき、また作戦参謀秋山真之を語るとき、だれもがごく自然に張り扇でパパンパンとやって、思わず声も大きくしたくなる名場面である。したがっていままでに出版されたほとんどの書物が、司馬さんが書いたようにほぼ一致して、ちょっと待てと秋山が飯田参謀をとめて、スラスラと「本日天気晴朗ナレドモ浪高シ」

の一行を書き入れたと書いている。

別にそれに異論をはさむつもりはないが、歴史として正確に書くならば、連合艦隊がこのときに東京の軍令部あてに送信したこの電文は、平文《ひらぶん》まじりの暗号で記されている。当然のことで、進撃してくる敵艦隊が必死の思いで傍受しているに違いないであろうから、大事な電報はすべて暗号によって記されている。この電報は暗号第一信として左のように書かれた。

「アテヨイカヌ見ユトノ警報ニ接シ、ノレツヲハイ直チニヨシス、コレヲワケフウメルセントス」

これを正確に訳せば、

「敵艦隊見ゆとの警報に接し、聯合艦隊は直ちに出動、これを撃沈滅せんとす」となる。「敵艦見ゆ」ではなく「敵艦隊」であり、「撃滅」ではなく「撃沈滅」である。暗号を訳せば、ごく自然にそうなるのであるけれども、後世になって、だれがいだしたのかさだかではないものの、これじゃ語調が悪いとでも思ったのか、司馬さんが書いたように直されて伝えられるようになる。また、余計のことながら、哨戒艦信濃丸が送った第一報も暗号電報で「タタタ　タタタタ二〇三」とタの字をつづけて七回打つものであった。これも「敵艦見ユ、二〇三地点」と調子よく書かれることが多いが、正確には「敵艦隊見ユ」なのである。

そして飯田参謀が作成してきたこの暗号電報に秋山参謀は「本日天気晴朗なれども浪高し」と書き加えた。これは暗号に直されることなく平文で打たれたことはいうまでもない。傍受されたってなんらの痛痒も感じないであろうから。しかも、この一行が入ったことで、この第一報は「文学」になったと、司馬さんは絶讃しているが、さて、どんなものであろうか。

なお、この一行は、実は東京気象台に勤務していた岡田武松《おかだたけまつ》気象官から、このところ毎朝、大本営にとどけてくる天気予報の報告のなかにあったものである。大本営はそれをただちに連合艦隊司令部に電送してきていた。秋山参謀は忘れることなくそれに眼をとおした。

この二十七日朝のそれには、

「天気晴朗なるも浪高かるべし」

とあったという。

司馬さんは、さらに解説してこの一行についてくわしく書いている。

「天気晴朗」

というのはその心配（註：濃霧）がない、ということであり、視界が遠くまでとどくためとりにがしはすくない、ということを濃厚に暗示している。さらに砲術能力については日本のほうがはるかにすぐれていることを大本営も知っていた。視界が明朗であれば命中率が高くなり、撃滅の可能性が大いに騰《あが》ることを示唆している。

「浪高シ」

という物理的状況は、ロシアの軍艦において大いに不利であった。敵味方の艦が波で動揺するとき、波は射撃訓練の充分な日本側のほうに利し、ロシア側に不利をもたらす。

「きわめてわが方に有利である」

ということを、真之はこの一句で象徴したのである。――「抜錨」より

ちょっと引用が長すぎたキライがあるが、この解説はいわばこれまでの定説であ

る。さらにつけ加えれば、日本の軍艦の舷は高く、ロシアの軍艦の舷は低い、浪が高ければこれに翻弄《ほんろう》されて、舷の低い軍艦は大砲が射ちづらくなる、これまた日本側のほうに有利にはたらく、というもう一つの定説をとなえる人も多い。

東郷長官が「ここに来るでごわす」と対馬海峡を指さして、微動だにしなかった、という定説といい、日本海海戦についての定説はまことに多く、しかもそれらは神話化されて、それこそ「微動だに」しないのが、これまでの日露戦争史であった。日露戦後の海軍がそういうフィクショナルな歴史をこしらえて、それを大正そして昭和へと、海軍軍人のみならず日本国民の頭に上手にすりこんだからである。

いまになって異を唱えるのは大そう難儀なことであるし、要らざるお世話よ、それでいいじゃないか、と怒る人に出会ったりする。でも、そういう神話というか、戦勝美談のつみ重ねが、せっかく先人が苦労してつくった大日本帝国をのちに滅ぼす要因になったことを思えば、やっぱり歴史は正しく綴って残したほうがよいと考える。

もし定説がすべて正しいとするならば、名文家ともいわれている秋山参謀が、「本日天気晴朗ナレドモ浪高シ」と書いたのは、なぜ？　とちょっと考えてみてほしい。岡田気象官の報告にひきずられたのか。天気晴朗も浪高しもすべてわが艦隊に有利な

りとの報告ならば、

「本日天気晴朗ニシテ浪高シ」

と書いたほうが自然というものである。天気晴朗のほうは味方に有利、ナレドモ浪高しなんである。残念ながら、高浪であってまことによろしくない、作戦どおりにはいかない、の意をひそかに大本営に伝えている。さりげなく、そこに秋山の名文の真意がある。

「ナレドモ」の意味するもの

片岡の第三艦隊の指揮下ではなく第二艦隊に属する第四駆逐隊（司令・鈴木貫太郎中佐）もこの現場にいたことはすでに触れた。

鈴木は四隻の駆逐艦をひきいて、

（いっそ敵の前面を通過してやれ）

と、片岡とおなじことを考えたのである。

鈴木の駆逐艦朝霧以下は二十九ノットという快速力をもっていた。敵は十ニノットである。

鈴木はしだいに敵を追いぬいて行って、ついに前面を横切った。

「前から見ればよく判るからこれほど正しい測定はないのです」

と鈴木は後年語っている。前へ出てみると、おどろくべきことに和泉の測定はまちがっていなかった。

ところがこの朝霧らの行動は、ロジェストウェンスキーをして驚愕《きょうがく》させたのである。

「かれらはわれわれの進行方向に機雷を撒《ま》いた」

と誤認したのである。

——「沖ノ島」より

いよいよ日露の主力艦隊が撃突せんとする直前の一情景である。じつは、わたくしも拙著『聖断——昭和天皇と鈴木貫太郎』で、これと同じようなことを書いている。長くなるが引用したい。

鈴木の率いる第四駆逐隊の第一の殊勲は、いよいよ両軍の主力が会戦する寸前の、敵前横断である。バルチック艦隊の針路を確認するためのとっさの判断だったが、これが偶然にも敵の判断を迷わせ、敵陣形を混乱におとしいれたのである。司令長官ロジェストウェンスキー大将の幕僚が書き残している。

「提督は敵駆逐隊が前路に浮遊水雷を撒布したのではないかと恐れ、第一艦隊を右に横陣をたて直し、広正面の砲火をもって敵に相まみえようとした。ところが、二番艦がその動きを過《あやま》ったため横に変ずるの企図は不成功に終わったのである」

　結果は、敵主力艦隊は三列縦陣という変則的な陣形で、単縦陣の東郷艦隊との決戦を戦わねばならなくなった。

　小説とノンフィクションとの違いがまことによくでている。司馬さんの筆はのびのびと躍動しているのに、わが筆のなんとギコチなく説明的であることか。ロジェストウェンスキーが驚愕したかどうかは計り知れないから、幕僚の手記を引用して、とにかくバルチック艦隊の二列縦陣形が崩れて三列のゴタゴタになったことをわたくしは説いている。面白さは断然司馬さんのほうに軍配があがる。

と、そんな愚痴めいたことが書きたいことの主題ではない。いまは、そんなことはどうでもいいことなのである。とりあげたいのは、司馬さんが「機雷」と書き、わたくしが「浮遊水雷」と記している、その兵器のことについてである。そのことがまた、先述の「浪高シ」の真の意味を解くためのカギとなっている。

そしてここにまたしても『極秘明治三十七八年海戦史』がでてくるのである。『坂の上の雲』は昭和四十年代に書かれたものゆえ無理としても、『聖断』は平成十四年の作ゆえに、『極秘海戦史』の存在はわかっていたはずである。が、このときにはまだわたくしは気づいてはいなかったようで、迂闊千万もいいところというほかはない。

しかし二年後の平成十六年にはその秘められた事実を明らかに突きとめていた。その証しに、呉《くれ》の現大和《やまと》ミュージアム館長戸高一成《とだかかずしげ》氏との丸々一冊となった対談『日本海海戦かく勝てり』をまたまた長々と引用することとしたい。

戸高　バルチック艦隊との戦闘をどうやるか、その最後の作戦が配布されたのが五月一九日、でしたね。

半藤　そう、一九日。

戸高　（略）その作戦の第一弾が秋山参謀が考案した連繋機雷だった。連繋機雷というのは、機雷を何個かロープで繋《つな》いで、敵艦隊の航路の前に撒くんです。ふつうの機雷は点だからすり抜けられるけれど、ロープで繋いであると艦首がロープを引っかけたら、ロープに繋がっている機雷がたぐり寄せられて艦に当たってしまうという兵器です。こういう連繋機雷を敵艦隊の前面にばら撒いて、敵艦隊の隊形が崩れたところを第一艦隊（戦艦中心の艦隊）と第二艦隊（装甲巡洋艦中心の艦隊）が襲いかかってめった打ちにしようというプランです。（略）

半藤　（略）連繋機雷を撒く目的で出撃した水雷艇隊が波が荒すぎて危険だ、お前らもう駄目だと。

戸高　三浦湾に待機させました。

半藤　だから、「天気晴朗ナレドモ浪高シ」の真意は、連繋機雷作戦は多分できませんよと軍令部に暗に知らせたものだと私も思いますよ。

これで秘められていたことのほぼ内容が明らかであろう。秋山参謀が、決戦のほぼ一週間前の五月十九日に、苦心に苦心を重ね、改訂そしてまた改訂の最終結果として策定した作戦計画とは、まず奇襲隊が果敢に突撃を敢行するというものであったのである。正確に書くと、その最終戦策は連合艦隊機密第二五九号の三として追加されたものということになる。

すなわち、第二戦隊の巡洋艦「浅間《あさま》」を旗艦として、第一駆逐隊、第九水雷艇隊、そして駆逐艦「暁《あかつき》」をもって編制された快速部隊が、決戦直前に敵艦隊の前方に進出、魚雷攻撃を行いつつ、同時に連繫機雷を投下する、字義どおり奇襲隊の名にふさわしい白兵突撃作戦であったのである。もちろん、少数のもののみが知る極秘作戦ということになる。

そして決戦当日の五月二十七日朝を迎えた。前日夜に強い低気圧の通過した対馬海峡付近の海域にはなお風が強く吹き、高波荒波が異状なほどに高まっている。小艦艇が最高速力で突進するためには最悪の状況である。「敵艦隊見ユトノ警報ニ接シ……云々」の軍令部への報告は午前六時二十一分に発信される。秋山参謀はそれに「奇襲隊作戦は決行できない恐れがある」との意味を暗にふくめた一行を書き加えた。とともに全艦艇が錨をあげて出動を開始する。予定どおり奇襲隊も出動した。が、高い波にもまれて艦隊についていくのが精一杯であった。

　されど、矢は弦を離れてしまっている。どうすべきか。東郷長官以下の連合艦隊司令部はただ海面のおさまるのを祈るほかはなかった。その祈りもついにとどかず、「奇襲隊列を解く」の信号が「三笠」より発せられたのが午前十時すぎ。水雷艇隊は三浦湾で待機、旗艦浅間も「本隊に復帰せよ」が発令された。東郷長官や秋山参謀たちが、いかに我慢して最後までこの奇襲隊作戦に望みをつないでいたかがよくわかるのである。

　この一縷《いちる》の願いを天がさながら成就させてくれたがごとく、鈴木貫太郎の第四駆逐隊が勇敢この上なく敵艦隊の前方を直進、ロジェストウェンスキーの判断をいかに大きく狂わせたかは、すでに書いたとおりである。偶然とはいえ、その経過を詳細に追っていけば、まさしく日本海軍にツキがあったというほかはない。

　いや、ツキというよりも、東郷長官が海軍軍令部長伊東祐亨《いとうすけゆき》に送った戦闘詳報を引くのが、いちばん適切なのかもしれない。この文章も、じつは秋山参謀の筆になるもの。ということは、東郷の感懐というよりも、秋山その人が勝利を確信した瞬間に真底から感じた本音といったほうがよいであろう。戦闘詳報は膨大な長文で成っているが、肝腎なのはその冒頭の部分なのである。

天佑ト神助ニ由《よ》リ、我ガ聯合艦隊ハ五月二十七八日、敵ノ第二、第三聯合艦隊ト日本海ニ戦ヒテ、遂ニ殆《ほとん》ト之ヲ撃滅スルコトヲ得タリ

まさしく勝利は「天佑ト神助」によって得ることができた、人智のよくするところにはあらず、それが戦士たちの実感であったのである。

「勉メテ並航戦」で戦えという命令

……かれがそうつぶやいたとき、安保砲術長の記憶では、かれの眼前で背を見せている東郷の右手が高くあがり、左へむかって半円をえがくようにして一転したのである。

瞬間、加藤は東郷に問うた。東郷が点頭した。このとき、世界の海軍戦術の常識をうちやぶったところの異様な陣形が指示された。

「艦長。取舵《とりかじ》一杯。――」

と、加藤は、一度きけばだれでも忘れられないほどに甲高《かんだか》い声で叫んだ。

（略）

繰りかえすと、東郷は午後二時二分南下を開始し、さらに一四五度ぐらい左（東北東）へまがったのである。後続する各艦は、三笠が左折した同一地点にくると、よく訓練されたダンサーたちのような正確さで左へまがってゆく。

それに対しロジェストウェンスキーの艦隊は、二本もしくは二本以上の矢の束になって北上している。その矢の束に対し、東郷は横一文字に遮断し、敵の頭をおさえようとしたのである。日本の海軍用語でいうところの、「丁字戦法」を東郷はとった。

――「運命の海」より

最後になって、またまた『坂の上の雲』に難癖をつけるような話になり、正直にいってはなはだ恐縮であるけれども、以下は司馬さんをとくに対象としてではなく、海戦についての〝定説〟にたいして異議を申したてたいのである。すなわち敵前大回頭（東郷ターン）による丁字戦法の勝利という、だれもが書いているゆえ揺るぎのない定説が、じつは誤っていることをここでは指摘したいのである。

この、日本海海戦を丁字戦法の勝利と最初に書いたのは小笠原長生元中将である。その美文調の大著『撃滅』などいくつかの著作で華々しく描出している。そしてその後の公刊戦史をふくめて多くの著作がそれに追随し、今日に及んでいる。しかも奇妙なことは、海戦の航跡図を時間を追ってたどってみれば、丁字を描いて大砲を撃ち合ったときのいっぺんもないことは一目瞭然であるのに、秋山参謀のあみだした必勝の戦法のごとくに丁字戦法がもちあげられてきた。それも「三笠」艦橋で、東郷長官が右手を高くあげてくるりと半円を描いて指令した、というまことに張り扇の講談調の描写を交えて語り継がれてきた。

わたくしの恩師ともいえる伊藤正徳《いとうまさのり》さんでさえ、戦前の『中央公論』誌上に発表した「名将東郷平八郎」においてこう書いている。

三笠艦上には、またも幕僚の議論は濤声を外にして湧いた。しかも、長官は不動明王、一言の答うるなくして敵艦隊を凝視している。

その時、加藤参謀長は、胃痙攣に再度の注射を終えて平然と艦橋にあったが、突如大声で、砲術長に測距を命じた。旗艦スワロフとの距離八〇〇〇米ッ、と答うる一刹那、東郷長官は加藤参謀長を無言で見返った。その途端、参謀長は大声一番、

「艦長、取舵一杯ッ」

と命じた。最初のコースから見て、いったんは反航戦を行うのかと想像し、またはは面舵一杯に回転するのかと予想していた艦長はツイ「取舵ですか」と反問してしまった。すると加藤参謀長は「そうだ、大至急取舵だッ！」と一言したまま、東郷長官を顧みて「取舵にしました」と報告した。長官は会心の微笑を浮かべつつ、うち頷いてなおも敵を見守っていたのである。けだし沈黙に始まって沈黙に終り、しかも作戦一微を誤たない勇断の誉れを残したのである。

長すぎる引用となったが、なかなかに臨場感のある描きっぷりではないか。伊藤さんは海軍記者としてワシントン軍縮会議にも行き、加藤友三郎とは昵懇《じっこん》の間柄の人ゆ

え、実際に加藤参謀長から取材した話なのかもしれない。さすがに東郷の右手がくるりもないし、丁字戦法のテの字も書かれていない。「沈黙に始まって沈黙に終」った長官と参謀長のア・ウンの呼吸の下令には、すでに決まっている作戦をただ実行するのみ、という共通した認識のもとに運ばれたきわめて自然なものが感じとれる。長官は、作戦で決まっている以外のことをやろうと思ったなら、そのときに発言すればいい。長官が沈黙を守っているなら、作戦どおりに実行するばかりで、参謀長がその指示を下僚に伝えるのはごく自然なこと。何の不思議はないのである。

では、連合艦隊司令部が練りに練って決めた作戦とは？　それは少くとも丁字戦法によって戦うというものではなかった。むしろ対ロシア開戦前に（明治三十七年一月九日）策定の対露戦策に、はっきりと明示されていた丁字戦法が、最終段階において放棄されていたのである。

長々と書くスペースがないゆえに簡略にするが、それは三十七年八月十日の黄海海戦での戦訓にもとづく苦しまぎれの決断によるものであったのである。たしかに黄海海戦では、連合艦隊はロシア太平洋艦隊を迎え撃って、見事な丁字を画いて敵の先頭に猛射を浴びせることに成功した。しかし、決定打を与えられることなくロシア艦隊は、連合艦隊の後方から簡単に脱出することに成功する。この戦いで連合艦隊司令部が痛感させられたことは「丁字戦法では敵を逃がす恐れがある」ということであった。

バルチック艦隊との決戦では、そのような不手際は金輪際許されないのである。全力を挙げて徹底的に戦い、敵を徹底的に撃滅しなければならないのである。それゆえに秋山参謀以下の幕僚たちはあらんかぎりの知恵をしぼった。丁字戦法にかわる新戦法の研究に躍起になった。その結果としての戦策改訂の跡が、かの『極秘明治三十七八年海戦史』にありありと残されている。

明治三十八年四月十二日、「連合艦隊機密２５９」が策定された。これがバルチック艦隊撃滅のための最初の作戦計画書である。ここには「丁字形を保持するに力《つと》めんとす」と丁字戦法の文字が残っている。四月二十一日、最初の改訂。五月十二日、さらに改訂。「丁字戦法に準拠するものとす」といささか曖昧な表現となる。五月十七日、完璧を期しての戦策「連合艦隊機密２５９ノ３」が決定。丁字戦法の文字は消える。それにかわって連合艦隊司令部が策定した極秘作戦が明記された。それは「奇襲隊の編制及びその運動要領」とされたもので、すでに前項でふれた連繋機雷による挺身攻撃なのである。第二戦隊の巡洋艦「浅間」を旗艦とする快速部隊による奇襲である。東郷長官をはじめとする司令部がこの白兵突撃作戦に多大の期待をかけたことがよくわかる。

この作戦計画書は十九日に配布され、さあ、バルチック艦隊やってこいと艦隊すべてが勇み立った。その上で、五月二十一日、いよいよ決戦が二、三日後と覚悟をきめたとき、さらに最終の戦法が追加された。「連合艦隊機密259ノ4」がそれである。そこには主力の戦艦部隊（第一戦隊）と装甲巡洋艦部隊（第二戦隊）の戦闘行動が明記されている。

第一戦隊ハ敵ノ（略）先頭ヲ斜ニ圧迫スル如ク敵ノ向首スル方向ニ折レ勉メテ並航戦ヲ開始シ爾後戦闘ヲ持続ス

第二戦隊ハ情況ノ許ス限リ乙字ヲ画キ第一戦隊ニ対スル敵ノ後尾ヲ猛撃シ爾後乙字戦法ノ主旨ニ基キ協同動作スベシ

作戦計画書が命じているのは、明らかに丁字戦法をとって戦うことではなく、「勉メテ並航戦」で戦えということである。敵の進航方向と同じ方向をとって航進し、並んで戦えということである。

しかし、海戦の現実は机上で練りあげてきたものとは様相をまったく変えた。波が高く奇襲作戦ならず。バルチック艦隊とは反航の態勢で急速に接近していく「三笠」艦上では、秋山参謀以下の幕僚たちの討議がやかましいくらいかわされていた、とある記録にある。反航戦か、並航戦か。並航戦のためには戦機は刻々と失われつつあると、多くのものには感じられたともある。

艦橋では、「三笠」砲術長の安保清種《あぼきよかず》中佐が右砲戦か左砲戦かの指示のないことにたまりかねて「どちらの舷で戦さをなさるのですか」と、そっぽを向いて大声でつぶやいた。安保中佐の回想録にはそう記されている。反航戦なら左砲戦、Uターンしての並航戦なら右砲戦となる。砲術長は早く決断せよと東郷長官に怒鳴りたかったが、そうもならず大声でつぶやいたのである。しかし、トップの二人の腹はすでに定まっていた。作戦計画どおりに戦う、余計なことは考えないのである。敵旗艦スワロフとの距離八千ッ、「取舵一杯！」。並航戦で徹底的に戦い徹底的に撃滅する。参謀長の大声の命令に、長官はただ会心の微笑をうかべるのみ、なのである。

司馬さんは「『坂の上の雲』を書き終えて」というエッセイのなかで、こうのべている。

……戦争は勝利国においてむしろ悲惨である面が多い。日本人が世界史上もっとも滑稽な夜郎自大の民族になるのは、この戦争の勝利によるものであり……この戦争の科学的な解剖を怠り、むしろ隠蔽し、戦えば勝つという軍隊神話をつくりあげ、大正期や昭和期の専門の軍人でさえそれを信じ、……もし日露戦争がおわったあと、それを冷静に分析する国民的気分が存在していたならばその後の日本の歴史は変っていたかもしれない。

心から同感する。しかも、司馬さんは「かもしれない」とやわらかくいうが、わたくしは「たしかにかわった」と断言すらしたいと思う。

お話はこれで終る。

石橋湛山と言論の自由

今日はむしろ

どうもみなさん、半藤でございます。わたくしももう、齢《よわい》八十になりました。もうそろそろあの世へ行きそうな感じですので、座らせていただきます。

本日は東洋経済新報社創立百十五年ということですが、出版社としてはいちばん古いのではないかと聞きましたら、『東洋経済』（『東洋経済新報』および現『週刊東洋経済』）という週刊誌ではおそらく日本でいちばん古いようです。出版社としては、講談社が去年（二〇〇九年）に創業百周年で、わたくしがおりました文藝春秋は八十七年ですから、やはりたいへんな伝統のある会社です。百十五年といっても、みなさんパッと頭の中で浮かばないと思いますが、明治二十八年（一八九五）、日清戦争が終わった年です。その明治二十八年に『東洋経済』が創刊されているわけです。

本日わたくしがお話する元のタイトルは「昭和史と湛山」となっていますが、昭和史のなかの石橋湛山《いしばしたんざん》さん（以下、呼び捨てにさせてもらいます）については、東洋経済から出しましたわたくしの本『戦う石橋湛山』（一九九五年、二〇〇一年新版）で、かなり書いております。今日はむしろ、明治から大正時代の石橋湛山に触れておいたほうがよいと思いますので、そこから始めさせていただきます。

日清戦争――戦に勝って外交に負けた経験

その日清戦争ですが、日本は、明治の新政府ができてから二十七年しかたっていないころに、「眠れる獅子」と言われた清国《しんこく》を相手に戦争して勝利を得た。しかしながら、そのときにドイツ、ロシア、フランスの三国からものすごい干渉があった。日本は清国に勝ったからといって、清国の領土を全部借り受ける、租借《そしゃく》するというようなことに出ているが、それはけしからぬという、いわゆる三国干渉を受けるのです。それでけっきょく、遼東《りょうとう》半島の割譲は放棄せざるをえなかった。つまり日本は戦《いくさ》にはいちおう勝ったが、外交的には敗戦国になったわけです。

この「敗戦の体験」が、明治のトップに立つ人たち、山県有朋《やまがたありとも》（一八三八〜一九二二）とか大山巌《おおやまいわお》（一八四二〜一九一六）、児玉源太郎《こだまげんたろう》（一八五二〜一九〇六）や山本権兵衛《やまもとごんべえ》（一八五二〜一九三三）、誰でもいいですが、そういう人たちの心にものすごく強く響いたのです。戦闘に勝ったとしても、外交的にもきちっと勝利を確定しないことには、ほんとうの戦争に勝ったとは言えない。日本はもっと世界の大きな動きにたいしてきちっとした認識をもたなければいけない、わが国だけで勝手に天下を取ったつもりでいてはならない、ということを骨身に沁みて感じたわけです。

これは日本の歴史を研究する人もあまり書かないことなのですが、このときの体験は非常に大きく、政治家や軍人だけではなく文学者とか芸術家、あるいは経済人、われわれ一般民衆でさえ、みなそういう思いをしたのではないでしょうか。

その後は有名な「臥薪嘗胆《がしんしょうたん》」という言葉で、日本は、国家というものをもういっぺんしっかりつくりなおしてゆくわけです。その十年後、明治三十七〜三十八年の日露戦争のときには、国際的・外交的にもきちんと勝たなければいけないということで、ものすごい努力をします。開戦の前に、アメリカに金子堅太郎《かねこけんたろう》（一八五三〜一九四二）を送り込んだり――彼は、当時のセオドア・ルーズヴェルト大統領とハーバード大学で同窓とか、知り合いが多かったのです——、あるいはイギリスにも深井英五《ふかいえいご》（一八七一～一九四五）という経済人を送り込んだりして、努力をする。戦争というものを、世界史の流れのなかできちんと位置づけなければいけない、と考えるわけです。

司馬遼太郎《しばりょうたろう》さんの『坂の上の雲』では、明治国家が非常に明るいものとして書かれていますが、ここまでが、日本人が心を一つにして国家建設に努力しておこなった、ほんとうに真摯《しんし》な気持ちで取り組んでいった、よき時代であったと言えるかと思います。

国力を使い果たした日露戦争、近代日本の岐路

この日清～日露戦争の時期に、東洋経済は創立され、出発したわけです。そして『東洋経済新報』という名前が語るように、経済を中心に日本の国を考える、もっと言えばジャーナリズムとして、「われわれはこの国の歩みにたいして、もう少しきちんとした目を向けなきゃいけないぞ」という、思いが込められていたのではないでし

ょうか。

このころすでに東洋経済には、植松考昭《うえまつひさあき》（一八七六～一九一二）とか三浦銕太郎《みうらてつたろう》（一八七四～一九七二）といった、非常に開明的な意見を発表する方々がいて、日露戦争後の日本の国とまともに向き合っていた。

その日露戦争後の日本はどうなってしまったか。じつはここがいちばん大事なところです。

日本は戦争には勝ったのですが、後でまた申し上げますが、この戦争で多くの人間を亡くし、国力のぎりぎり全部を投げ出し、使いきってしまった。当時のおカネで二十億円近くという莫大な戦費を使ったが、半分ぐらいは外債・借金だった。国際的・外交的には、アメリカ大統領の仲介によって、きちっとした形で勝利を確定したことは確かなんですが、ほんとうはもう、これ以上戦争が続けられないところで、やっとこさっとこ戦争を終結した――というのが現実だったわけですね。ですからほんとうはそのときに、そうした現実を国民に知らしめるべきだった。じつはこの戦争は、これこれしかじか、全力を挙げて勝ち、国際的にはいちおう勝利という形で確定したのだけれども、もう国力に余力はない、われわれとしては、これからもういっぺんきちっとした形で国家というもの、及び世界というものを考えなきゃならないのだ——というふうに、当時の指導者が、国民に徹底的に知らせればよかったとわたくしは思うのですが、知らせなかった。

日本の近代史を見ると、少なくとも日露戦争が終わるまでは、みなさんがお読みになっている『坂の上の雲』の時代であって、一つの大きな理想を求めて、日本人がみな心を一つにして、ほんとうに一生懸命になって働いて戦った時代であった。そのことは確かなんですが、戦争に勝った後、きちんとした戦争の現実、日本の国力の現実を国民に教えないで、「勝った勝った」「カッタカッタ」と、さながらに華やかな下駄の音のようなことばかり言って、日本人は有頂天《うちようてん》になってしまった。昔風の言葉でいえば夜郎自大《やろうじだい》的な考えかたになっていった。

ここに近代日本の栄光と悲惨があるわけで、栄光といえば確かに非常な栄光だったが、じつはその後の始末をきちっとしなかった、そのために悲惨が始まったと、わたくしは見るわけです。

つまり日露戦争後に、日本のリーダーは国民に、これからどういう国であるべきかという、国家ビジョン、国家戦略、国家像をはっきりと示さなかった。ただ、世界の五大強国の一つ、ロシアを破って、われわれは世界の五大強国の仲間入りした、ものすごい強国になったんだ——という形で国民は指導されたわけです。

これにたいして、東洋経済はそのころから、「これではいけないんじゃないか」と考えはじめたと思います。

つまり、日露戦争が終わった時点でほんとうは、もう一度国力をよく考えた上で、日本は謙虚な国家、貿易中心の世界にやさしい国家であるべきだ、というイメージを持った人たちもたくさんいたと思います。事実、日本の今後を考えた場合に、「大日本主義」で行くべきか「小日本主義」で行くべきかという論議が、必ずしもなかったわけではなく、かなりの識者の間には論ぜられていた。追い追い申し上げるとおり、東洋経済はその大きな一角だったのです。

しかしその一方では、「いや、日本の国家はますます強くしなきゃならない」という、国家像を描いた人たちもいたわけです。

それは、ひとつには、なんといってもロシア（まだ帝政ロシアですが）という国の存在です。日露戦争で勝ったとはいえ、その後も含めて現実は厳しいものだった。なるほど、ご存じのように日本海海戦において、日本の海軍は、ロシアの東洋・アジアにいた艦隊、遠くヨーロッパからやってきたバルチック艦隊も合わせて、数の上では日本の倍に達する艦隊を、ほとんど全滅させた大戦果を上げたわけですが、ただ陸軍の方は必ずしもそうではなかった。

陸軍は奉天《ほうてん》会戦でいちおうロシアの陸軍を打ち破ったことになっていますが、ロシアは初めから、日本軍を、補給の届かないもっと奥地に引き入れて、そこで決戦に及ぶ戦略を練っていた。だからハルビンまで下がっていたわけです。つまりロシア陸軍は五十万もの大軍がなお健在だった。一方、日本の方は、奉天の会戦が終わったときに、もうほんとうに国力のありったけを尽くして、ぎりぎりになっていた。十万の軍隊もいないぐらいで、とくに大尉・中尉・少尉クラスの前線の指揮官のほとんどが、戦死ないしはケガをしていて、後に引き込まざるをえない。弾丸もほとんどなくなっている。これ以上戦争は続けられないという状況だった。それで、ロシアがもういっぺん復讐戦に出てくるのを非常に恐れていた。当時の流行《はや》り言葉に、ロシアを恐れる「恐露病《きょうろびょう》」というのがあって、夏目漱石《なつめそうせき》の小説(『それから』)のなかにも、「あいつは恐露病にかかっているから、だらしないんだ」というように出てきます。

このような事実を政府は国民に知らせることができなかった。つまり日本は歴史のリアリズムに徹しきれなかったのです。事実を隠したまま、日本の為政者は、国民を元気づけると同時に、戦争が終わっても税金を取らなければならないので、「勝った勝った、カッタカッタ」というにぎやかな音頭で、「日本の国の前途はこれから洋々たるものである、諸君らはもっと国家のために尽くせ」としたわけです。そして路線としても、これから日本は「大日本主義」でゆくべきだ、どんどん外に出て行って国力を強くしてゆくべきであると、唱える人たちが多くなっていくわけです。

ここで近代日本は大きな選択に迫られたのです。しかしけっきょく、わたくしたち国民が、明治の終わりから大正の初めにかけて選んだのは、まさに大国主義、「小日本主義」ではなくて「大日本主義」のほうを選んだわけです。

この大日本主義にたいして、はっきりと異を唱えたジャーナリストないしは学者もたくさんいたと思いますが、だんだんその声は小さくなっていく。このへんが近代日本のいちばんつらいところであって、もう少し国民がほんとうの事実を知っていれば、そのような有頂天な気持ちになることなく、たぶん、近代日本はだいぶうまいほうへの道を歩いたのではないかと、わたくしは思うのですが、そうはいかなかった。それが歴史というものなのです。

山本、東條らと同年の湛山、明治四十年の虚飾

ここに、東洋経済および石橋湛山が本格的に登場するわけです。「小日本主義」を唱える。外へ外へと出ていくムチャクチャな拡張主義ではなくて、世界の尊敬と信頼を受けるような日本の国にすべきである、平和主義と経済中心の、一生懸命に国を富ませていくような形の国にすべきである――と唱えていたのが東洋経済であった。

石橋湛山は明治十七年（一八八四）九月生まれ（昭和四十八年［一九七三］死去）です。明治十七年生まれというと、わたくしのように昭和史をやっていると、軍人ばかり調べることが多くなるのですが、後の連合艦隊司令長官・山本五十六《やまもといそろく》（〜一九四三）、あるいは日米開戦時の総理大臣・東條英機《とうじょうひでき》陸軍大将（〜一九四八）、また昭和史の初めのほうでは陸軍統制派、いわゆる新しい陸軍国家をつくろうとしたが、昭和十年（一九三五）に暗殺されてしまう永田鉄山《ながたてつざん》も、みな、明治十七年の生まれです。政治家では近衛文麿《このえふみまろ》が明治二十四年（一八九一）生まれですから、ちょっと後になります。

つまりこの世代は、山本五十六が日露戦争に従軍したのが二十歳《はたち》ですから、ちょうどそのころに、日露戦争――栄光の日本を目の前にし、その後の大日本主義、外へ外への拡張主義を体感するという、青春時代だった。湛山も、そういう時代に自分の青春時代を送ったわけです。

そして湛山は、明治四十年（一九〇七）に早稲田大学を卒業し（特待研究生として宗教研究科に進んだ後）、明治四十一年にいちど東京毎日新聞社に入社するがすぐ辞めて、明治四十四年一月に東洋経済新報社に入るわけです。

この明治四十年という年が、じつは日露戦争後のいちばんの転換点なんですね。わたくしはとかく軍事的に話をしてしまうのですが、まず明治四十年に日本は新しく国防方針「帝国国防方針」を決めます。仮想敵国を、海軍はアメリカ、陸軍はロシアの二つに決めて、軍備を強大なものにしていく。いざというとき、アジアの近海で戦ってこれを撃滅できるような、日本海海戦をもういっぺん再現できるような、強力なる軍隊をつくることを決めたのです。

また、大山巌とともに日露戦争を戦った児玉源太郎が明治三十九年七月に急逝したので、子爵から伯爵に上げるのですが、つれて翌明治四十年、山県有朋、大山巌、東《とう》郷平八郎《ごうへいはちろう》（一八四七〜一九三四）、乃木希典《のぎまれすけ》（一八四九〜一九一二）、その他エトセトラのみなが、論功行賞で公爵や伯爵に上がって、貴族になるのです。乃木は、日清戦争後に男爵になっていたが、二階級特進で伯爵になる。ただ乃木を特進させるためには、乃木・第三軍司令官の下の参謀長・伊地知幸介《いじちこうすけ》（一八五四〜一九一七）を上げないと釣り合いがとれないので、この明治四十年に男爵にしている。

しかしこの軍司令官と参謀長は、旅順攻略戦でいったいどういうことをやったのか。どれだけの死者を出したのか。それはきちっとした記録、歴史として残してある。戦争での事実は否定しないが、隠すのです。そして戦争というものを華々しい美談で発表し、格好いいものだけにして、世のなかに出す。そのひとつが爵位を授けること（叙爵）なんです。そういうことを決めたのが明治四十年。そのころからわたくしたちの日本は大日本主義を選択して、外へ外へと出るわけです。

青島領有は「燃ゆるがごとき反感と嫌悪のみ」

湛山は明治四十四年、東洋経済に入って、すでにおられた植松考昭や三浦銕太郎などの先輩の社員と、話し合ったと思います。その感化・影響を受け、あるいは教えを請うて、しだいしだいに、いま、日本人が選んでいる大日本主義のような方向では、かえってこの国を滅ぼしてしまう、これからはむしろ小日本主義でゆくべきであるということを、強く思い至るわけです。

またその前に、これはわたくしも今まであまり書いてこなかったことなのですが、湛山は教えを受けている。早稲田大学に田中王堂《たなかおうどう》（一八六七〜一九三二）というたいへん立派な先生がいて、湛山は教えを受けている。田中王堂はアメリカでジョン・デューイ（一八五九〜一九五二）から、いわゆるプラグマティズムを学んでいる。湛山はこの王堂からプラグマティズムの考えかたを身につけ、日本も、ただ夢みたいな、現実的ではないことを考えて外へ出ていくことは間違っている、むしろ実際に実利をともなうような形でものを考えるべきだと。もちろん湛山には、そうしたものの考えかたへの素質もあったと思う。その素質を生かしながら、新しい先輩たちの意見を聞いて、自分のなかでこの国の将来のありかたをどんどん考えていったと思います。

わたくしが湛山の大正時代の論文を読んでいちばん驚くのは、大正三年（一九一四）八月に第一次世界大戦が勃発したときのものです。

欧州での大戦に、世界はたちまち動乱に巻き込まれ、日本も「大日本主義」の下で早々にドイツへ宣戦を布告します。じつは、日本はイギリスと日英同盟を結んでいるから、イギリスから「おまえたちもアジアのほうを受け持って、ドイツへ宣戦布告してくれ」と頼みに来ると思っていたら、イギリスはイギリスの思惑があって、来ない。だから日本は勝手にドイツに宣戦布告して、ドイツがアジアに持っている権益を次から次へと日本のものにしていくわけです。南方のトラック島（現チューク諸島）とかポナペ（現ポンペイ島）とか、ドイツ領だった南洋諸島を片っ端から占領していく。同時にドイツのアジアの根拠地だった中国の青島《チンタオ》に兵を送って自分のものにする。まことにヨーロッパのほうの大火事の最中に、どさくさ紛れというか、「日本の国を強くするためには当然のことである」として、軍を送っていったわけです。

このとき、湛山はこう言うんですね。「膠州湾《こうしゅうわん》のドイツ陸軍のごときは棄《す》てておいて害なし。むしろかかる微々たる者を相手に大兵力を送り、攻略せんとすれば、日本は当然の責任と義務の範囲を超えたることになり、逆に禍乱《からん》を生じるであろう」と（「好戦的態度を警《いまし》む」、一九一四年八月十五日号社説、『石橋湛山全集』第①巻所収）。

しかし、こうした主張におかまいなく、青島攻略は完成する。すると湛山は、さらに「青島は断じて領有すべからず」と提議するのです（同年十一月十五日号。ほか「重《かさね》て青島領有の不可を論ず」十一月二十五日号、「先ず功利主義者たれ」一九一五年五月二十五日号。各『全集』第①巻所収）。

「日本が満洲割拠に加えて、さらに青島を根拠地にして山東《さんとう》の地に領土的経営をおこなえば、支那への侵入はいよいよ明白となって、世界列強の視聴を聳動《しょうどう》（驚かし動かす）させるは必定。しかも、わが国がそれにより得るものは、支那人の燃ゆるがごとき反感と列強の嫌悪を買うのみで、これを悪として見る。領土をふやし利権を得ても、経済上の利益はなにもない。われらはあいまいな道徳家であってはならない。徹底した功利主義でなければならない」と、湛山は書くのです。大正三年、湛山はまだ三十歳なんです。

翌大正四年、こんどは、日本が中国に出したいわゆる「対華二十一ヵ条」にたいして、湛山は猛烈な勢いで反駁《はんばく》します。これもまたどさくさ紛れに、日本が清国の権益を永久に保持するような条約を突きつけたのにたいして、湛山はこう書きます。

中国に対する談判は、ドイツに開戦して青島を取ったことから糸を引いて出て来た大失策である。その我が帝国に残す禍根に至っては、一層重大である。我が要求が多く貫徹すればするほど、世人はこれを大成功として祝杯を挙げるだろうが、吾輩は全く所見を異にして、禍根のいよいよ重大になるを恐るるものである。(「禍根をのこす外交政策」一九一五年五月五日号、岩波文庫『石橋湛山評論集』所収、『全集』⑯補巻)

湛山、ときに三十一歳です。

軽武装・小国主義で、英米・大国の先を行け

わたくしは大正時代を調べていて、石橋湛山ほど、国家のありかた、国家の理念、あるいは国家の前途というものにたいして、きちっとした見かたをもっていた人は、日本ではあまりいないんじゃないかと思います。いやはや、三十歳あるいは三十一歳にして、日本の国、近代日本がいかにあるべきかについて、きちっとした戦略論つまり国家像をもっていたのです。

先ほど挙げた山本五十六や永田鉄山にしろ、いわんや東條英機は、こんな考えかたはまったくもっておりません。さらに現代のわたくしたちも、いまの内閣（当時は菅直人内閣）をはじめとして、「これからの日本はいかにあるべきか」ということにたいして、ほんとうに誰ももっていない。

当時、大正〜昭和のわたくしたちにあったのは、ただひとつ「大日本主義」です。世界のひんしゅくを大きく買いながら、外へ外へと拡張していって、やがて世界中から総スカンを食い、世界中を相手に戦争をするに至るわけです。

そして、大正十年（一九二一）七月、湛山は、三十七歳になる直前ですが、もうみなさんご存じの「一切を棄つるの覚悟」（一九二一年七月二十三日号）、さらに続けて「大日本主義の幻想」（同七月三十日号〜八月十三日号、各『全集』第④巻所収）という、有名な二つの論文を書きます。ここでは、日本が戦略的体制としている大日本主義が、いかに国家を滅ぼす非常な愚策であるかということを物語るわけです。

この「一切を棄つるの覚悟」というのは、いま読むと「ええっ、当時、そんなことほんとうによく言ったね」と思うのですが、まだ読んでいない方もいるかと思いますので、ちょっと読んでみます。大正十年、昭和になる前です。

もし政府と国民に、総《すべ》てを棄てて掛《かか》るの覚悟があるならば、必ず我れに有利に導き得るに相違ない。例えば満州を棄てる、山東（半藤註：青島とその他です）を棄てる、その他支那が我が国から受けつつありと考うる一切の圧迫を棄てる、又朝鮮に、台湾に自由を許す、その結果はどうなるか。英国にせよ、米国にせよ、非常の苦境に陥るだろう。何となれば彼らは日本にのみかくの如き自由主義を採られては、世界に於けるその道徳的位地を保つを得ぬに至るからである。

つまり、日本だけがそういう自由主義をとれば、世界のなかでたった一国、ほんとうに世界の人たちが喜ぶ道徳的地位を、日本の国が保つことができるようになるのだ、と。「その時には、支那を始め、世界の小弱国は一斉に我が国に向って信頼の頭を下ぐるであろう」というのが、湛山の「一切を棄つるの覚悟」なのです。

つまり、すべての日本の植民地政策をやめて、早く捨てたほうがいい。そして自由な貿易を盛んにしたほうがいい。そうすることによって植民地を抱えているイギリス、アメリカ、オランダ、その他の国々も、みんな困ってしまうに違いない。もっとはっきり言えば、植民地のなかから独立運動が起きて、きっとたいへんな大騒ぎになるだろう――ということを、湛山は予見しているわけです。

さらに続いて、

我が国にして、ひとたびこの覚悟をもって会議（半藤註：大正十年のワシントン会議のことです）に臨まば、英米は、まあ少し待ってくれと、我が国に懇願するであろう。ここに即ち「身を棄ててこそ」の面白味がある。遅しといえども、今にしてこの覚悟をすれば、我が国は救わるる。しかも、これこそが唯一の道である。しかしながらこの唯一の道は、同時に、我が国際的位地をば、従来の守勢から一転して攻勢に出《い》でしむるの道である。

と、湛山は書くわけです。

つまり、国際会議において、日本があえてこの「一切を棄つるの覚悟」を表明して、世界各国のリーダーたちを納得させろ。そうすれば各国はみな困る。世界の弱小国はみなこれを非常に歓迎する。まさに日本は道義的な意味において、守勢から攻勢に転ずることができるのである、と。

こうして見ると、湛山の意見は、大正から昭和に向かってますます厳しくなる、強くなるということが、もうみなさんにも察しられると思います。わたくしは湛山が、昭和史において、いかに大国主義が誤っているか、小国主義で行くべきである、日本は軽武装で貿易中心のやさしい国であるべきであるという論を、ほんとうに揺るぎもしないで押し通した、たった一人といってもいいかと思います。

言論の自由にたいする揺るぎない信念

そのうしろには、湛山のなかに言論の自由にたいするものすごい強い信念があった、と思います。昭和七年（一九三二）、湛山は言論の自由についてはっきりと書いています。「言論の自由は、しからずんば（そうでなかったら）鬱積すべき社会の不満を排泄せしめ、その爆発を防ぐ唯一の安全弁なり」と（「国難打開策の三項目」一九三二年五月二十一日号、『全集』第⑧巻所収）。

またのちには「いろいろな意見、報道がなされることで、日本国民の批判能力を養うことができ、見解を偏《かたよ》らしめず（つまりものの見かた、考えかたを偏らせないで）、均衡を得た世論をつくることができるのである」とも述べています（「独逸《ドイツ》の背反は何を訓《おし》えるか」一九三九年九月二日号、『全集』第⑪巻所収）。

とにかく言論の自由こそが大事であると、湛山は書く。だから自分は、どんなに圧迫を受こうが、弾圧を受こうが、これを言いつづけるのであるというのが、大正から昭和にかけての石橋湛山のきちんとした考えかた、基本姿勢であったかと思います。

わたくしは湛山を調べて書きながら、「立派な人だな」「立派な人だな」と言いつづけました。わたくしもいろんな人を書きましたが、ものを書くということは、その人とほんとうに長時間、一対一で付き合うような形になるんです。それで、たとえば山県有朋を調べて書いていると、最初はこの人も立派な人だなと思いながらも、だんだん晩年になると「この野郎、嫌なヤツだな」と。これはもう止めようかなと、くたびれ果てて参ったのですが、石橋湛山さん（最後にまた「さん」付けにいたしますが）のときはそういうことはなく、終始一貫最後まで、この人はすばらしい人だ、こういう人が日本の言論人及びインテリゲンチャー、そして一般の人のなかにもたくさんいれば、たぶん、日本の国家はこんなふうに誤ることはなかったんじゃないかな、と思うわけです。

とくに昭和も十年代のお終いのころ、つまり太平洋戦争が始まって、日本の国には完全に言論の自由はなくなり、反軍的なあるいは反政府的な言論はすべて弾圧されるとなったときに、東洋経済も大きな意味で弾圧を食います。ですから会社のなかでは大モメにモメた。あまり強いものの言いかたを押し通さないで、少しは政府や軍の言うことに沿う言論——迎合ということではないが——を展開したほうがいいんじゃないか、という意見が出たときに、石橋さんはこう考えたのです。

東洋経済新報には伝統もあり、主義もある。その伝統も、主義も捨て、いわゆる軍部に迎合し、ただ新報の形だけを残したとて、無意味である。そんな醜態を演ずるなら、いっそ自爆して滅びた方が、はるかに世のためになる。そんな東洋経済新報なら、存続させる値うちはない。(岩波文庫『湛山回想』、『全集』⑮。ほか当時の発言では「創刊四十九周年を迎えて」一九四三年十一月十三日号、「石橋社長訓話」一九四四年六月十五日、各『全集』第⑫巻所収)。

この言葉はほんとうにすばらしい、ものすごくいい言葉だとわたくしも思います。わたくしも今、変なことで迎合するぐらいならば、みずから滅んだほうがいい――と思わないでもないわけです。

ちょうど時間が来ましたので、これで終わりにいたします。どうもご清聴ありがとうございました。（拍手）

昭和天皇の懊悩と歴史探偵の眼

満洲事変に始まる歴史を学ぶ

今年（二〇一五年）は戦後七十年、敗戦から七十年の節目にあたる。それで新聞・雑誌・テレビとやたら引っぱりだされて忙しい思いをしてきた。なるほど、いまの日本、戦争体験のちょっとでもある世代（敗戦時に小学生以上）は総人口の十パーセント台前半であるという。わたくしのように東京大空襲で九死に一生を得たものは、いくらかは各メディアの役に立つということであったようである。

そして求められたのは、あの戦争から七十年の時間をかけることによっていかなる教訓を得たのか、また、それをどう日本の明日のために生かしたらいいか、というむつかしい問いに答えることであった。

折から、今上《きんじょう》陛下（現・上皇陛下）は「新年に当たり」という感想を発表された。

これが各新聞で大きく報じられるのを読んで、わたくしは深く感動した。

昨年は大雪や大雨、さらに御嶽山の噴火による災害で多くの人命が失われ、家族や住む家をなくした人々の気持ちを察しています。

また、東日本大震災からは四度目の冬になり、放射能汚染により、かつて住んだ土地に戻れずにいる人々や仮設住宅で厳しい冬を過ごす人々もいまだ多いことも案じられます。昨今の状況を思う時、それぞれの地域で人々が防災に関心を寄せ、地域を守っていくことが、いかに重要かということを感じています。

本年は終戦から七十年という節目の年に当たります。多くの人々が亡くなった戦争でした。各戦場で亡くなった人々、広島、長崎の原爆、東京を始めとする各都市の爆撃などにより亡くなった人々の数は誠に多いものでした。この機会に、満州事変に始まるこの戦争の歴史を十分に学び、今後の日本のあり方を考えていくことが、今、極めて大切なことだと思っています。

この一年が、我が国の人々、そして世界の人々にとり、幸せな年となることを心より祈ります。(全文)

陛下が戦場や空襲で亡くなった人々にたいして心から慰霊を捧げ、平和で穏やかな日本の明日を祈ることは決して今年に限ったことではない。しかし、「満州事変に始まる歴史を十分に学び」と、われら国民に昭和史がどこからあらぬ道を歩んでしまったかに具体的にふれ、歴史に学ぶことの重要さを国民に訴えたのは、おそらくはじめてのことではなかったかと思う。

今まであいまいであったことを〝事実〟として明らかにする

その戦後七十年に合わせるかのように、『昭和天皇実録』（以下『実録』）第一回配本が三月に東京書籍から出版される。一万二千ページ全十九巻という大冊である。一気に読み通すというわけにはいくまいが、この『実録』が百年後、二百年後のわたくしたちの子孫が読んで、近代日本の激動期の昭和天皇の実像とその時代とを知ることができる、そういうスケールの大きさをもつ史実であることに間違いはない。

では、驚天動地の新事実に満ちたものであるか、ということになると、やや消極的にならざるを得ない。わたくしは『昭和史』（平凡社ライブラリー刊）という著作を出しているが、この『実録』によって書き換えねばならないところが多く出たか、と問われれば、ノーと答えることになろう。ただ、今まであいまいであったことが、〝事実〟としてあらためて確認できたことは確かであり嬉しいことであったが。

たとえば、さきの陛下のお言葉にある「満州事変に始まるこの戦争」の昭和六年（一九三一）九月に起きた満洲事変である。この事変が関東軍司令部のみならず、陸軍中央部も巻きこんだ陸軍の謀略であることは明らかであるが、天皇いや大元帥陛下にはそのことがまったく知らされていなかったのか。参謀総長が不穏な空気があることぐらい奏上していたのではないか。そんなことがこれまではいろいろと推理も交えて論ぜられてきた。ところが『実録』はまことにあざやかに〝事実〟を明らかにしている。

午前九時三十分、侍従武官長奈良《なら》武次《たけじ》より、昨十八日夜、満洲奉天付近において発生した日支両軍衝突事件について奏上を受けられる。奈良はこの日の朝、自宅にて新聞号外によって事件の発生を知り、奏上の際には事件が余り拡張しないこ

とを信じる旨を申し上げる。（昭和六年九月十九日）

どうであろうか。天皇に事件のことを最初に報告した侍従武官長その人が、事件そのものを知ったのが新聞の号外によってであった、というこの事実。国民が知ったよりも遅いことになろう。統帥大権をもつ大元帥は完全にいわば蚊帳の外におかれていたことを意味するではないか。このとき天皇は三十一歳である。参謀総長金谷範三《かなやはんぞう》大将は五十八歳、陸軍大臣南次郎《みなみじろう》大将は五十七歳、以下省部（陸軍省と参謀本部）の幹部には四十代、五十代がごろごろしていたのである。

そこで『実録』に書かれているある事実を想起することになる。大正十年（一九二一）三月から天皇は皇太子殿下のころ長期にわたりヨーロッパを旅行している。そして六月に第一次世界大戦の激戦地フランスのベルダン古戦場を訪ねた。このとき、戦争とはむごいものだ、してはならないことだと語った、ということが今まで伝えられてきた。その事実が『実録』で明らかにされているのである。

皇太子は戦跡御視察中、戦争というものは実に悲惨なものだ、との感想を漏らさ

れた。（大正十年六月二十五日）

これはお付きの武官が聞いて日記に残してあった言葉なのである。武官からみれば「この皇太子は腰抜けだ」と映じたに違いない。それはまた陸軍軍人に共通する思いであったであろう。そして仮説になるが、陸軍がのちに大元帥陛下をかなり無視して行動するようになった伏線がこのときにあったと思うのである。

さらにそのことが太平洋戦争終結の〝聖断〟を下すことにもつながっている。実際にその眼で戦場の悲惨さ無残さを見ているかどうか、これは人間的に大きな差となる。のちの言動に影響するところ大なのはいうまでもない。

そういえば終戦に関してはもう一つの発見もあった。昭和二十年（一九四五）八月十二日の『実録』の記載に思わず眼を惹きつけられたのである。ホーッと思わず声も出たほどに。

日曜日　午前零時十二分空襲警報発令とともに、新型爆弾搭載の米軍爆撃機Ｂ29侵入との情報接到につき、直ちに皇后と共に御文庫付属室に御動座になる。同三十分、空襲警報解除につき、御文庫に還御《かんぎょ》される。

当時、原子爆弾のことを新型爆弾と日本側が呼称していたことはご存じのとおり。つまりこのB29は原爆を搭載して東京に投下せんと飛来してきたのであった。事実としては、テニアン島の原爆投下部隊にはヒロシマ、ナガサキのあとの原爆はまだ本国から届いてなく、したがって一発もなく、単なる威嚇あるいは訓練でしかなかったのであるが、そうとは知らぬ日本の指導層がこの情報に浮き足立ったのであろうことは容易に想像できる。ポツダム宣言の受諾問題をめぐって、いろいろ折衝していると き、そこまでアメリカはやろうとするのかという戦慄的現実が、さぞや天皇をはじめとする和平派要人の背中を押したことであろう。ただし、焦土の東京に在住していた国民はそんな一大事のことを毫も知るところはなかった。

「神は細部に宿る」という言葉にあらためて気づく

そのほかにも、たとえば昭和十一年（一九三六）の二・二六事件の起きたその日は、天皇はどのくらい眠られたか、そんなこともハッキリわかる。午前一時四十五分に床につかれ、翌朝七時には本庄繁《ほんじょうしげる》侍従武官長を呼び出している。では、その間はよく休まれたのか、となると、はてと首を傾《かし》げたくなる。『実録』の二十七日の冒頭にはこうあるからである。

この日午前二時五十分、緊急勅令を以て、一定の地域に戒厳令中必要の規定を適用の件が勅令を以て、戒厳令第九条及び第十四条の規定を東京市に適用の件、並びに戒厳司令部令が官報号外にて公布され、即日施行される。

これでは勅令の裁可のために天皇は起こされているはず、とみるほかはない。深く眠ることなどはできず、仮眠状態で、事件の四日間に天皇は正面から向き合い、収拾のために〝戦い〟ぬいたということになろう。

また、『昭和天皇独白録』(文春文庫)には「三国同盟に付《つい》て私は秩父宮と喧嘩をして終つた。秩父宮はあの頃一週三回位私の処に来て同盟の締結を勧めた。終には私はこの問題に付ては、直接宮には答へぬと云つて突放《(ママ)》ねて仕舞つた」とある。この秩父宮にはもう「答へぬ」と突っぱねた日がいつか特定できず、わたくしはずっと気になっていた。それが『実録』で見つかった。昭和十四年（一九三九）五月十二日のこととしていいようである。

午前十時より約一時間にわたり、表御座所において雍仁《やすひと》親王と御対面になる。親王は防共協定強化促進など時局重要案件につき進言するも、天皇はその内容に対し御言葉を返されず。

ここには明確には書かれていないが、「もうこの件には答えぬ」と天皇は言い切った、そのことを『実録』は「御言葉を返されず」とややぼかして記している、とわたくしはそう見る。『独白録』の強い言いかたは決して誤ってはいなかったようである。

太平洋戦争時の連合艦隊司令長官山本五十六《やまもといそろく》大将を天皇はどう見ていたかにも、わたくしは興味津々であった。十六年十二月三日、対米開戦と決して山本が、いよいよ出陣の挨拶に宮中に参内する。勅語をいただき山本が、連合艦隊の将兵は粉骨砕身、誓って出師《すいし》の目的を貫徹する旨の奉答文を奉呈する。

天皇は、奉答文を一度御朗読の後、三度ほど繰り返し熟読される。翌四日、連合艦隊司令長官の出発に際し、侍従武官鮫島具重《さめじまともしげ》を海軍省に差し遣わし、「今回ハ真ニ重大ナル任務ニテ御苦労ニ思フ、充分成功シテ無事凱旋ヲ祈ル」との御沙汰を特に伝達せしめられる。

奉答文をみずから一回朗読し三回も熟読する。天皇の山本にたいする信頼と期待とが十分に察せられるであろう。山本と新潟県立長岡中学校同窓の後輩としてありがたく思えたことであった。

『実録』にはこうして細部に面白い事実がいっぱい記されている。天皇が夏目漱石『坊っちゃん』を愛読されていたことも初めて知ったし、拙作を原作とする「日本のいちばん長い日」の映画を観ていることにぶつかったりして思わず口もとがゆるんだりする。まさしく「神は細部に宿る」という言葉の正しいことに、あらためて気づかせられるのである。そして新しい研究の展開もここにあると思うのである。

人間であることをやめるな

＊

「こんどの宮崎監督の新作はゼロ戦の設計者の堀越《ほりこし》ナントカという人が主人公なんですって」

と、最初に出版社の若い編集者から聞かされたときは、相当にびっくりしました。零式《れいしき》艦上戦闘機が正式名の、いわゆる零《ゼロ》戦の主任設計者はまごうことなく堀越二郎《じろう》、『零戦』という著作もある。その人が主人公ということは、これまでのトトロや魔女などのファンタジーから脱けでて、まさか昭和の戦争を主題にした映画を宮崎監督がつくろうと考えたのではあるまいな、とそう思えたからです。

しかし、監督には「紅の豚」といういろいろな飛行機が大活躍する映画もあった。監督が飛行機好きであることはとくと知られているから、あるいは零戦をテーマにした奇想天外な物語を展開させるのかもしれない、と勝手な想像をめぐらしたりして楽しみに思っていました。

ところが、さらに同じ編集者が時間をおかずに報告してきたではありませんか。

「ゼロ戦だけではなく、堀辰雄《ほりたつお》の小説『風立ちぬ』も主題になっていて、ですから、タイトルは『風立ちぬ』なんですって」

これには驚くよりさきにアッケにとられました。戦争で活躍した零戦と清冽《せいれつ》な小説『風立ちぬ』とがとっさに結びつかなかったからです。

歴史探偵を自称している手前もあり、それからしばらく考えました。われわれの気のつかないどこかで、堀越二郎と堀辰雄が結びついているのか。堀越二郎は明治三十六年（一九〇三）、堀辰雄は翌三十七年生まれ、場所は群馬県美土里《みどり》村（現・藤岡《ふじおか》市）と東京府麴町《こうじまち》区の平河町《ひらかわちょう》と離れているが、とにかく同世代。さらには、堀越が零戦設計の第一歩を踏みだしたのが昭和十二年（一九三七）、堀が『風立ちぬ』を書きあげたのが同じ年の十二月。そして二人ともいまの東京大学の出身、ただし堀越は工学部、堀は文学部。どう資料をひっくり返しても、共通することはそれくらいしかみつかりませんでした。

そこにもうひとつ情報が入ってきました。物語のヒロインの名が「菜穂子」であると。これまた堀辰雄の名作のほまれ高い小説の題名でありヒロインでもある。発表されたのが昭和十六年。このころ前年に制式採用された零戦は無敵の活躍をして、世界随一の名機となっていた。

そこでひねりだした結論は、きっと宮崎監督は日中戦争のはじまった昭和十二年から対米英戦争へと大日本帝国が踏みこんだ十六年までの、あの疾風怒濤の五年間の〝昭和史〟を、われわれの意表をつく新しい視点と楽しい展開のもとに描いてくれるにちがいない、というものでした。なぜなら、この五年間はそっくりわたくしの小学生時代。生まれ育った向島《むこうじま》（現・墨田区）あたりには、ほうぼうにまだ原っぱがいっぱいあって、悪ガキとしてそこで泥んこになりながら仲間と楽しく遊びころげていましたからです。国家も、昭和十二年ごろを国民総生産の頂点として、隆々として栄えていると大人たちに教えられたし、自分でもそう思っていました。

しかし、いまとなるとそれはとんでもない誤解、いや妄想にひとしいことであったと、歴史的事実は示しています。大日本帝国と呼号したわたくしたちの国は、世界に冠たる強国として世界から孤立し、それを栄光ある孤立と称しながら、すべての国を敵とするようなあらぬ方向への歩みを早めていく、その転換点であったのです。日本の指導者たちは国際情勢や米英との国力差よりも、自国の利益を優先した判断を重ねることで、結果として当初はだれも望んでいなかった大戦争へという最悪の選択をつぎつぎに行っていきました。それは情けなくなるほど夜郎自大《やろうじだい》な判断であったというほかはないのです。

＊

宮崎監督の「風立ちぬ」は、わたくしの勝手な思いこみの明るいストーリーとは違っていました。これにはほんとうに意表をつかれました。第一に、物語は大正十二年（一九二三）の関東大震災からはじまるではありませんか。資源のない「持たざる国」つまり貧しい日本が、大変貌をとげつつある世界情勢に後れをとらずに何とかついていかなければならないときに、大地震による国土崩壊という打撃をうけたのです。

そこからこの映画の主人公の堀越二郎はおのれの人生をスタートさせたのです。日本人の一人ひとりが真摯に、しっかりとはるかな未来をみつめて奮闘努力しなければならないとき。二郎も、そのよき友として登場する本庄も、上司の黒川も、だれもが真剣に与えられた仕事に献身していきます。彼らが取り組んだ航空の世界も、昭和の初めから十二年ごろにかけて、航空史的にいえば画期的な技術発展のあった時代なのです。それだけにやり甲斐のある仕事であったことでしょう。しかも日本の技術は世界の水準からは相当に低い位置にあったのです。

いくらか専門的に言えば、零戦の先代といえる九六艦戦（映画にも出てきますね）のころから翼や胴体の外鈑《がいはん》そのものが強度をもつ構造となりました。これは目をむくほどものすごい発展なのです。外鈑の厚みが機体強度に直結しているわけですから。二郎は徹底した強度計算にもとづいて、余分な板厚を削って飛躍的に零戦を軽くしていこうとする。映画ではそのほかいろいろと新構想に苦心の姿がうまく描かれていま す。みんなが真剣に取り組んでいた。さすが飛行機のことならクロウトはだしの宮崎監督だと、ただただ感服しました。

ところが、そこに堀辰雄の小説『風立ちぬ』が、突如として加わってきたのです。もちろん、大震災の時にきちんと伏線が張られていましたが、なんで堀辰雄なの？　とあらためて思わないわけにはいきませんでした。

ところで、堀辰雄といっても、名は知っていても、『風立ちぬ』や『菜穂子』を愛読している人は少ないのではあるまいか。ともに戦前・戦中の名作。それに動乱の昭和の時代の「シ」の字もでてこない、それこそ零式戦闘機とは縁もゆかりもない静かな作品で、いっそう、何でここで堀辰雄がでてくるのか、と思わないわけにはいかなくなります（そういえば、二郎の上司の黒川は、小説では菜穂子の夫の名前でした）。

静かな作品と書きましたが、たとえばこの小説の書きだしはこんな風なのです。

それらの夏の日々、一面に薄《すすき》の生い茂った草原の中で、お前が立ったまま熱心に絵を描いていると、私はいつもその傍らの一本の白樺の木陰に身を横たえていたものだった。

そういえば映画「風立ちぬ」の二郎と菜穂子の出会いのときも、菜穂子は立ったまま絵を描いていました。そのとき突然に、一陣の風が立つ。堀辰雄の小説のほうも風が立って画架とともにパタリと絵が倒れるのです。

それはともかく、余計なお節介ながら、『風立ちぬ』とはどんな内容をもつ作品なのか、について、ごく簡単に説明することにする。

――ある年の夏、「私」は高原のホテルで療養をかねて絵を描きにきている節子という少女と親しくなる。翌年の春、二人は夢に胸をふくらませて婚約する。が、節子は結核が悪化しF高原のサナトリウムに入院することとなる。「私」は付き添ってそこで起居することとした。静かな楽しい日々。しかし、節子の病状は悪化の一途をたどり、「私」は節子がそのサナトリウムで二番目の重症であることを知らされ、ある覚悟を定める。

堀辰雄はこう書いています。

こういう山のサナトリウムの生活などは、普通の人々がもう行き止まりだと信じているところから始まっているような、特殊な人間性をおのずから帯びてくるものだ。

念のために書いておきますと、当時にあっては結核は死を待つだけの「行き止まり」の死病であると考えられていたのです。サナトリウム行きは世間からの隔離でした。

「私」と重症の結核患者の節子との愛の生活にはもう希望はないのです。「私」は二人の愛の「行き止まり」を自覚したとき決意します。「風立ちぬ、いざ生きめやも」と。それは静かな、しかし強い決意でありました。絶望が前にあることによって、人が精いっぱいに生きることの美しさや悲しさや、ある意味では喜びさえ知ることができるのです。人生が泉のように、汲めば汲むほどに深く、尽きせぬすばらしさにみちたものだとわかっていくようになる。この小説の題辞《エピグラフ》にポール・ヴァレリーのこの「風立ちぬ、いざ生きめやも」を堀辰雄がかかげた意味がそこにあるのです。

＊

二〇〇六年六月号の『熱風』（スタジオジブリ）に宮崎監督はこんないくつかの文章を寄せています（編註：「失われた風景の記憶　吉野源三郎著『君たちはどう生きるのか』をめぐって」と題する文章）。

東京に大正十二年に関東大震災があって、そこから世界恐慌を経て、日本中が戦争に向かい、空襲で燃えてしまうまで、わずか二十年そこそこしかない。それほどまでに短期間に異常なスピードで破局へ突き進んでいた大嵐のような時代……。

昭和のこの時代っていうのは、震災や戦争以外にも結核が蔓延して本当にたくさんの人が死んだ時代です。貧困でもいっぱい人が死んだし、子供たちもずいぶん自殺しました。そして、さらに多くの人が戦争で死んだ。本当に無残な時代として昭和が始まるんです。

宮崎監督が映画「風立ちぬ」で描いているのは、まさしくこのような異常な、無残な、戦争の時代なのです。堀辰雄の言葉を借りれば「行き止まり」の息苦しさにみちた時代でありました。

そしてまた、いまの日本――

もういっぺん宮崎監督の文章を引用します。

近代史を見ると、思想的な弾圧や学問上の弾圧があって、とにかく民族主義を煽り立てて、国のために死のうという少年達を作り上げていく過程が、あまりに僅かな期間にやられていることがわかる。本当に異常なまでの速さで昭和の軍閥政治は、破局に向かって突き進んでいく。今も世界はそんなふうにたちまちのうち変わっていく可能性があるんだということです。

この「今も世界は」を「今の日本は」と言いかえてこれを読むと、宮崎監督のいま抱いている憂いの深さがよくわかります。しかもこれは二〇〇六年の文章、それからもう七年もたったいまはなおさらです。憂いと恐れは二〇〇六年の比ではないと思われます。ある意味では悲愴ともいえるほどの切実さをもって、監督はいまの日本の危機に立ち向かっているのです。そこで堀辰雄の『風立ちぬ』がでてくるのです。

宮崎監督とお話する機会があったとき、しみじみと感じさせられたことがありました。人間というやつは度し難いもの、そう監督は考えているのだということ。わたくしもまた同じように常日頃考えています。昭和戦前の人間がそうであったように、根源的な危機に直面していながら、いまの日本も目先の別の問題にすりかえてその処理ですませ、ただただ一直線に破滅への道を進んでいるのではないか。日本人は歴史に学んで、それがわかっていながらなぜかノホホンとしている。まったく度し難い、としかいいようがない。

しかし、監督はそれですませてはいられないやさしい人なのです。何とかしなければいけない。それがこんどの映画「風立ちぬ」なんです。この映画で監督が言おうとしているのは、堀辰雄の小説の題辞そのことだと思います。いまの日本は「天上大風」、すなわち、ものすごい勢いで荒々しく吹きまくる嵐のまっ只中にある。解決する道はなかなかみつからない。中国がどうの北朝鮮がどうのということではなく、日本国そのものが大転換期、解体しつつある、先行きは不安ばかり、といってもいい。そうした「行き止まり」のときに、日本人は、とくに若い人たちは、どう生きたらいいのか。

そうなんです。明日に光明をもてない、「行き止まり」であればあるほど、物事をきちんと考え、真面目に、自分のなすべきことを困りつつウンウンと唸ってやりつづけながら、君たちは人間であることをやめないで生きなさい、と。

「風立ちぬ、いざ生きめやも」

そう宮崎さんは「風立ちぬ」のなかで言っているのです。

編集部付記

半藤一利さんから「ちょっとウチまで来てくれないか」というお電話をいただいたのは、二〇一九年の春先のことでした。ご用向きは奥さまの末利子さんが『味覚春秋』という雑誌に連載しているエッセイを本にできないかとのお話でした（本書と同時に『硝子戸のうちそと』として小社より刊行）。

お宅におうかがいして、おいしいお菓子とお茶をいただきながら雑談をしていると、

「そういえばさ、こんなのもあるんだけど見てくんねぇかな」

とおっしゃって、新聞や雑誌の記事（対談含む）のおびただしい切り抜きとコピーのファイルをもってこられて、

「そんなに急がねぇけど、まあ読んでみてよ。本になるかな」

それから半年も経たぬうちに、半藤さんは右大腿骨を骨折されます。入院、手術、リハビリ、再手術……。一方、編集部のほうにはさまざまな事情があって、本づくりについてご夫妻をいたずらにお待たせすることになってしまいました。

ご退院後のお電話で「あれ、どうなってる?」と穏やかにお尋ねをいただいたとき、「東商の雑誌の連載がいいですね、それを軸に東洋経済、有隣堂、ジブリほかのものを組み合わせたらいい気がします。いかがでしょうか」と申しあげました。

「うん、あの『坂の上の雲』のは気に入ってるんだよ。ぜひ本にしてよ。ま、もうちょっと考えてさ」

そのときはそれ以上特段の言及はなく、じつは亡くなるまで気づかなかったのですが、この「名言『坂の上の雲』」は、すでにPHP文庫オリジナル『若い読者のための日本近代史――私が読んできた本』に収録されていました。その「後口上」で半藤さんは「『日露戦争史』全三巻（平凡社）を書くことをわたくしに決意させた原動力ともなっている」と記しておられます。それほど愛着のあった作品だったのです。

最後のお電話は二〇二〇年の十二月なかばでした。

「家内ともども頼みますよ」

冗談めかした物言いでしたが、いつもの元気なお声に比して、ハリがないのが気になりました。

訃報に接して、なぜもっと早く進められなかったかと、己の腑甲斐なさが情けなく、ただただ申しわけない思いでいっぱいです。末利子夫人からは最後のことばが「墨子を読みなさい」だったとうかがいました。そこで巻頭に『墨子』の一部を掲げ、さらに「墨子と龍馬と」を収録することにしました。

ここに本書を半藤一利さんの霊前に捧げ、謹んでご冥福をお祈りいたします。

単行本化にあたって収録をご快諾くださった、鳥影社、東京商工会議所、ＰＨＰ研究所、東洋経済新報社、石橋湛山記念財団、有隣堂、スタジオジブリのみなさまに厚く御礼申しあげます。

【初出一覧】

墨子と龍馬と
『季刊文科』第五二号（二〇一一年五月）

明治の将星のリアリズム――名言『坂の上の雲』
「名言『坂の上の雲』」を改題
＊『ツインアーチ』二〇〇九年二月号〜二〇一〇年二月号および新稿。のち『若い読者のための日本近代史――私が読んできた本』（PHP文庫、二〇一四年）に収録。
本書に収めるにあたっては雑誌初出に拠り、文庫版を適宜参照した。

石橋湛山と言論の自由
「明治〜大正〜昭和――石橋湛山とその時代／近代日本の分岐にあった、もう一つの確かな国家像」を改題
＊東洋経済新報社創立百十五周年記念「石橋湛山シンポジウム」基調講演、二〇一〇年十一月十五日、於早稲田大学大隈講堂。のち『自由思想』№１２１（二〇一一年二月号）に収録。

昭和天皇の懊悩と歴史探偵の眼
「『昭和天皇実録』を読む――戦後七十年、戦争の歴史を学ぶ」を改題
＊『有鄰』第五三七号（二〇一五年三月十日）

人間であることをやめるな
スタジオジブリ絵コンテ全集⑲「風立ちぬ」月報（二〇一三年八月）

◎単行本収録にあたり表記を整理し、引用文の体裁をあらためています。また一部加筆した部分もあります。

本書は二〇二一年四月、弊社より単行本として刊行されました。

|著者|半藤一利　1930年東京向島生まれ。15歳で東京大空襲に遭遇、九死に一生を得る。東京大学を卒業し、文藝春秋に入社。『週刊文春』『文藝春秋』などの編集長、出版局長、専務取締役を歴任。退任後本格的に作家活動に入り、昭和史研究の第一人者、「歴史探偵」として知られる。2021年1月12日逝去。『日本のいちばん長い日 決定版』『ノモンハンの夏』『昭和史』『漱石先生ぞな、もし』など著書多数。

人間《にんげん》であることをやめるな
半藤一利《はんどうかずとし》

2024年3月15日第1刷発行

発行者——森田浩章
発行所——株式会社　講談社
東京都文京区音羽2-12-21　〒112-8001
電話　出版（03）5395-3510
　　　販売（03）5395-5817
　　　業務（03）5395-3615
Printed in Japan

講談社文庫
定価はカバーに
表示してあります

KODANSHA

デザイン—菊地信義
本文データ制作—講談社デジタル製作
印刷———株式会社KPSプロダクツ
製本———株式会社国宝社

ISBN978-4-06-535032-4

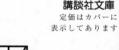

講談社文庫刊行の辞

二十一世紀の到来を目睫に望みながら、われわれはいま、人類史上かつて例を見ない巨大な転換期をむかえようとしている。

世界も、日本も、激動の予兆に対する期待とおののきを内に蔵して、未知の時代に歩み入ろうとしている。このときにあたり、創業の人野間清治の「ナショナル・エデュケイター」への志を現代に甦らせようと意図して、われわれはここに古今の文芸作品はいうまでもなく、ひろく人文・社会・自然の諸科学から東西の名著を網羅する、新しい綜合文庫の発刊を決意した。

激動の転換期はまた断絶の時代である。われわれは戦後二十五年間の出版文化のありかたへの深い反省をこめて、この断絶の時代にあえて人間的な持続を求めようとする。いたずらに浮薄な商業主義のあだ花を追い求めることなく、長期にわたって良書に生命をあたえようとつとめるところにしか、今後の出版文化の真の繁栄はあり得ないと信じるからである。

同時にわれわれはこの綜合文庫の刊行を通じて、人文・社会・自然の諸科学が、結局人間の学にほかならないことを立証しようと願っている。かつて知識とは、「汝自身を知る」ことにつきていた。現代社会の瑣末な情報の氾濫のなかから、力強い知識の源泉を掘り起し、技術文明のただなかに、生きた人間の姿を復活させること。それこそわれわれの切なる希求である。

われわれは権威に盲従せず、俗流に媚びることなく、渾然一体となって日本の「草の根」をかたちづくる若く新しい世代の人々に、心をこめてこの新しい綜合文庫をおくり届けたい。それは知識の泉であるとともに感受性のふるさとであり、もっとも有機的に組織され、社会に開かれた万人のための大学をめざしている。大方の支援と協力を衷心より切望してやまない。

一九七一年七月

野間省一